離開以後，
你有沒有 更自由

文 Middle

suncolor
三采文化

並不是只有不離不棄，

才能被稱為

最好的結局

/

離開一個人，並不是最難的。

有時候，離開了之後的漫長時光，

還有世界繼續運轉，所帶來的各種無情改變，

才是真正讓人難過的開始。

那一個人，已經不在了，

但不等於身邊的位置，可以立即得到填補。

總是需要時間去適應，

也需要勇氣來慢慢面對，

原來有些人與事，當真正失去了，

就沒有任何東西，可以再替代得到。

而累積過的回憶與留空了的裂縫，

依然會繼續陪伴自己成長，

偶爾擾亂自己的餘生，或開自己一個玩笑。

明明那一個人都與自己無關了，
明明自己也真的好想，
離開這一段不應該再眷戀的曾經……
但有些人始終無法真正離開，
有些人以為自己可以離得很遠，
到最後卻又不自覺回到最初的起點，
彷彿白費了氣力，
彷彿，都是自討苦吃。

但很多事情，
又何嘗不是在這樣的循環兜轉中，
一點一點地改變或被改變，
一點一點地朝著本來的方向，繼續前進，
然後到某一天，展開了不同的面貌，
成就了無數新的人生。

也許我們真正想要的，
並不是要離開那個不會珍惜自己的人，
或是要那一個離開了的人，
到某天會後悔沒有好好珍惜自己。
我們不應該向一個不對的人，
祈求有天會出現奇蹟，
奢想他們終會良心發現。
如果有些人始終不適合同行到老，
始終有天還是會分道揚鑣，
但奈何如今我們仍要走在同一段路上，
仍是要繼續互相纏繞好一段日子，
那麼我們能夠做的，
就是在這過程中，學習如何更珍惜自己，
以及那些願意一直珍惜你的同伴。

離開或離不開，

放下或放不下，忘了或忘不了，

其實也是一樣在成長，一樣在向前進。

在這段旅程裡、在那些傷害之後，

我們又學懂了多少、失去了多少、

還有留住多少自己此刻仍可以握緊的，

本來就無可取替的人與事，

每個人都不一樣，也不應該只有一種可能。

世界是廣闊的，幸福也有很多種面貌，

並不是只有不離不棄，才能被稱為最好的結局。

並不是只有完全離開了那個人的影子，

我們才值得擁有，更美好的人生。

Middle

辑
二
倦 逃

輯四 回首

後記

離散

後來，我們終於變得無話可說，
但始終沒有將最重要的話說清楚。

總是會想，
為何本來熟悉的兩個人，漸漸會變得無話可說；
為何在變得無話可說之前，
始終都沒法將重要的話，好好地向對方說清楚。

然後，那些沒有說出的話，
偶爾會讓自己難過很久很久，
偶爾又會忍不住想，
如果當時有將話都好好說清楚，
如今是否還會得到這種結果……

就算哪天再遇，一切也已經無從說起。

如果這天我們會覺得陌生，
是因為我們真的親近過，真的在乎過 /

如果，
我們從來都沒有遇上對方，
大概就不會有之後的煩惱，
就不會有如今的疏離與陌生。
也不會因為，你與別人變得比我們親近，
而感到無奈與失意，
彷彿總是會有一種預感，
以後再也無法捉緊你，
就只能眼睜睜地看著你走遠……

如果，
我們從來都沒有在乎過對方，
那大概在我們的回憶裡，
就不會留下那些會讓人忍不住微笑的片段。
也不會讓人之後一直忍不住去比較、去後悔，
以前的我們是真的這麼靠近，
以前的我們總是可以無所不談，
以前的我們不會已讀不回對方、
不會冷言相待、不會捨得無視彼此的無奈與嘆息……
以前的我們，曾經以為以後都會好好的，

唏

不可以離開對方，不可能會變得陌生……

但是，
也因為我們真的曾經親近過，
我們才會發現，彼此之間有著甚麼不同，
再努力、再堅持，
到頭來，還是無法改變一些事情。
最後我們還是會漸漸變得疏遠，
還是會各自走上沒有對方結伴的路上，
無法再推心置腹、再偶爾問好、
再說一聲好久不見。
然後，到哪天，
我們會終於承認或接受，
原來真的，有些人錯過就不再，
我們真的再也回不去以前，
以後就只能夠在回憶裡再見、說再見，
就只能夠在夢裡去問對方一聲，
如果我們再重新認識、再好好珍惜，
是否就不會變成如今這樣陌生。

不再主動找你，不是因為你不再重要，
而是不想讓你知道，你依然太過重要 ／

有時你也想任性一次，不想再主動下去，
不想再讓自己處於這一個，
彷彿樂觀積極、但其實帶點卑微的位置。

他永遠都不會主動找你，
永遠都不會主動告訴他的近況，
永遠都不會主動關心，你的煩惱。
通常都是由你帶著笑臉，
去探問、去邀約、去關心、去打擾，
彷彿鍥而不捨，也彷彿是心有不甘，
不想自己就只會落得他的已讀不回，
不想以後就會變成陌生人一樣的不相往還。
有時你也會擔心，
自己的過份主動會不會為他帶來困擾，
如果會，是否自己真的那麼討厭，
如果不會，又是否代表他從來沒有對你太過在意⋯⋯
然後越想越多，又會變得越來越討厭自己，
彷彿就是你自己一個人亂想太多、過份執著認真。
但其實你就只不過希望，
他偶爾也可以對你主動一點，

在嗎

會關心一下你的近況、留心你的某點喜好，
只要稍微著緊在意多一點點，
你就心滿意足。
但如今你們之間，猶如一個嚴重傾斜的天秤，
你越在乎投入，他越冷靜抽離，
甚至是對你的執著從沒有半點察覺，
他的虛空，永遠不可能了解你的沉重。
到哪天，你終於下定決心不再主動找他，
他也像是毫不發現，
繼續沒有找你，繼續如常生活；
那時候你再也不能逃避承認或面對，
在他心裡，你原來真的並不重要，
也沒有半點改變或挽回的餘地……
你終於可以脫離他的一再無視，
終於不需要再對一個人無止境地主動下去、
卑微更多……

只是到了那時候，
你又是否可以心甘情願；
不用再主動，但是那個不會回頭的誰，
還是會依然太過重要。

或許不是我們變得疏遠了，
而是我們從來就只是對方的一位過客 /

「你知道是甚麼原因，讓兩個人會漸漸變得疏遠？」

「是距離嗎？」

「不。」

「是沉默嗎？」

「也不是。」

「那是甚麼呢？」

「是理所當然吧，理所當然地以為，自己已經足夠了解對方，不需要再多講太多心底話，相信彼此的情誼都不會改變，卻不會再認真去細看對方有甚麼改變……信任變成一種懶於或怯於去主動了解的藉口，卻忘記了，如果那個人真的那麼重要，其實就更需要用心去注視對方的眼睛。」

「或者不是忘記了，而是，會變得疏遠之前，我們在對方心裡的份量，其實並不如自己所以為的那麼重要。」

沒有永遠不碰面的朋友，
只有存心避開的陌生人 ／

你知道嗎，
陌生人，原來有很多很多種。

有一種陌生人，
從來不會回覆你的訊息，
就只有在他需要你的時候，
你才可以得到他的立即回覆。

有一種陌生人，
會一直在短訊裡與你聯繫，
但是你始終不會有機會和他見面，
他總是很忙，你也不好意思去打擾。

有一種陌生人，
偶爾還是會主動找你，但漸漸你會發現，
他其實只是想你關心他的心事，
你的事情，他並不是真的在乎或關心。

有一種陌生人，
可以談天，但不會交心，
可以親近，但不可能走得太遠，

你知道這段關係總有限期，但其實你已經陷得太深。

有一種陌生人，
不會再見，不會再問候，
即使你為了這個人，想了一遍又一遍，
但是你又怎可能再見，一個存心避開自己的人……

有一種陌生人，
你不想再見，但你們還是會偶然遇見，
你不想再記起他的一切，
但你還是無法忘記，他看著你時臉上的那點陌生……

有一種陌生人，
你知道，你們如今連陌生人也不如，
與其說你們是一對不會再見的朋友，
不如說你就只是他的一位過客……
但你還是好想跟這一個人，說一聲謝謝，
感謝他曾經對你的認真、推心置腹，
感謝那時候你們可以一直守在對方的身邊，
一起成長，一起堅持到最後……
縱然你們之間，已經不再往還，
但你還是會祝願，他這天可以過得好好的，
可以過得比現在更幸福……
這是你最後的心願，
即使他不會知道，也不會有別人在乎。

Hello

不要回來，如果最後你又會失蹤，
而我又會對你太過認真 /

你有多喜歡他，他是知道的。
他另有喜歡的人，你也是早已知道。

但縱然彼此心知肚明，
他還是每天都會找你，
跟你短訊亂聊，直到夜深，
約你晚飯散步，直到尾班車開出。
偶爾，你們的手會互相碰觸，
或有意，或無心；
偶爾，他會對你有點過份親暱，
但輕輕交會過，卻不留下太多痕跡。
他是想跟自己發展嗎，
你始終無法肯定。

可漸漸，你們彼此靠得越來越近，
近到不屬於朋友的程度。
但你還是未能忘記，
自己並不是他的另一半，
可你偶爾又會禁不住去想，
你們會親密到哪一種程度，

是應該如此下去嗎，是可以對他期待嗎？

然後，在你尚在迷惑的時候，
在你開始想要跟他認真發展的時候，
他偏偏開始少去理會你的短訊、來電。
當他不在自己身邊的時候，
你才發現有他在旁的快樂與滿足⋯⋯
直到現在他走遠了，
你方發現等一個人的回應，是有多麼痛苦。
就在早些日子，
他總是會將你放在第一位，
總是立刻回覆你、
總是第一時間去滿足你的願望；
但才相隔了一會時間，
他的重視又會突然消失無蹤，
就如一個陌生朋友⋯⋯

偶爾你會想，自己其實又算是他的甚麼，
就算有時會得到他的珍惜，也始終是有時。
時限過了，他還是會突然遠走，
而自己又可以做些甚麼，
重新引起他的注意，
而自己又可以憑藉甚麼，
來留住他，不要讓他再次捨棄自己。

偶爾你又會理智地跟自己說，
實在不應該再如此下去。
但有時你又會忍不住奢想，
自己是不是應該勇敢一點去爭取，
去做他真正的另一半，
也好過如今只有自己一個人痛苦下去……
偶爾你會叫自己不要太認真太投入，
這不過是他的一時逢場作興，
既然彼此都尋過了開心，
又何必為那短暫的虛假而想得太多。
偶爾，你又會覺得自己太傻，
為甚麼會中了這一個人的計算，
他從來都沒有對自己許下過甚麼承諾，
他就只是想讓你陷進若即若離、
患得患失的情緒中，
來支配你的心思、放下你的底線……

每次他找回你，
你都只會想著如何留住他，
怎樣才可以見多一點、讓他找你多一些。
又或者是，
想著怎樣才可以忘記他、不再想念他，
何時才可以離開他的支配，
不停想，他可不可以別要再回來，

是

給你一刻甜蜜溫暖，給你更多困倦苦惱；
不停問，自己能不能夠不再心軟，
不要再一次迷下去，沉下去……

有些人，你仍然喜歡，
只是有些感情，你實在玩不起；
因為你知道，只要一開始了，
以後就會沒完沒了。

最近好嗎

或許有天你會心淡，但有些傷口，
卻可以留很長很長時間／

你可以裝作無視它，
但不等於它不會痛。

你可以選擇不要再去觸碰這一道傷口，
但不等於以後就不會再聽見他的消息。

曾經，你用盡力氣去討好一個人，
但這個人始終不願理解你的認真。

你以為，
只要有天可以得到他的喜歡，
你就可以有機會獲得重生。
但一直以來，
那一份得不到了解與尊重的寂寞，
卻成為了埋在心坎裡的一片灰藍，
佔據了回憶裡最重要的位置，
偶爾擾亂你之後的人生。

然後偶爾，在你力竭筋疲時，
讓你想起那一個誰，讓你感覺更加孤單。

然後偶爾，在你以為心如止水的時候，
因為一首歌、或一句話，
而讓這個傷口又再重新觸動、無法自拔，
提醒或反問自己，仍然未能放下，
最後，又再為了那一個不會再見的誰，
默默地說一聲不會發送的晚安，
或笑問一句……

甚麼時候才可以真正地說再見。

有一種人，縱然喜歡再深，
但你最後還是寧願與他友誼永固 /

「既然喜歡他，為甚麼不告訴他知道呢？」

「也許是怕，他會拒絕自己吧。」

「你不嘗試開口，又怎會知道呢？」

「有些界線，一旦越過了，以後就會變得不一樣了。可能我們還會再見，但是會漸漸變得陌生；又可能，他明天就會立即不再回應我的短訊，我們連朋友也再做不成……若是如此，那倒不如繼續安守這個位置，去做一個偶爾還可以互相問好的朋友，不是更好嗎？」

「但如果有天，他喜歡了另一個人，難道你不會心痛嗎？」

「應該會吧。」

「就是了，到時候你不會不忿氣嗎，不會後悔自己沒有去做些甚麼，去留住這個不應該錯過的人嗎？」

「其實，哪有甚麼錯過不錯過呢，有些事情早就已經註定了，

你看看其他人，有時就算再喜歡再不捨，最後還是不會走在一起、也不能夠一起走到白頭。即使這刻我們相知相交，總有一天還是會朝著各自本來的目標前進，以後可能也不會再相遇。若是如此，那又何必再想著將來會怎麼後悔或遺憾，而讓自己錯過了如今眼前可以有幸相遇的珍貴時光呢。」

「唉。」

朋友之間不會講分手，只是你知道，
有天你們還是只能說再見 /

以前，你們還會不間斷地短訊，
但現在，彷彿連一句問候也會覺得多餘。
是為甚麼，本來親近的兩個人，
如今會時常變得欲言又止；
是為甚麼，答應過要坦白交心的你們，
現在會變得互相逃避。
他彷彿變得不知道該怎麼面對你，
你也彷彿害怕，去知道某一些真相……
明明最初認識的時候，沒有甚麼不可以傾訴，
如今你卻毫無來由地有一種直覺，
這段關係已經去到一個極限，
無法再講清楚，猶如一轉身，
就以後無法再見的兩個人……

其實你知道的，說友好，
有時並不是真的友好。
彼此只是在某段路上碰巧遇上，
一起經歷過最難忘的旅程，
但這始終無法去改寫，
你們之間的差異與距離。

還好

即使你或他也曾經有多珍惜、或不捨，
但你們的情誼，還是無法進一步昇華，
說了解，也不是真的完全了解，
說陌生，但偶爾還是會為這一個人，
而想得太多，
會好想和對方成為真正的好友，
只是你又會在過程中找到更多失望與疲累。

到最後，你會安慰或催眠自己，
你們就只是朋友，依然可以笑著約會，
應該好好珍惜這段關係，
即使你們都不會為了想了解對方更多，
而勇敢向對方坦白自己的真正想法與心意，
也不會讓自己再執著於對方的一些缺點、
一些對你的一再忽視或誤解，
而要向對方流露半點生氣。

與其要說出真相、讓彼此都更加難過，
你寧願選擇不要拆穿，
自己一個人逃開，甚至不要再見，
讓這段回憶的結局能夠永遠美好，
讓自己可以為這一段友情，去盡這最後的義氣……

縱使其實你知道，

那就好 :)

這一切都不過是自欺欺人，
你依然有多想和這一個人，
成為真正互相了解的同伴⋯⋯
但你告訴自己，有些事情真的不可以勉強；
有些人，又何必一定要去親口說再見。

離開你，不等於可以放下你，
也不等於能夠忘掉你 /

那天，你終於離開了，
那個讓你不快樂的誰，
從此不會再見，但也是從那天開始，
你反而變得有點討厭自己。

為甚麼會這樣。
以前你曾經想過，
如果有天可以下定決心離開，
你應該可以回復自信，
應該可以變得更自由自在，
應該，不用再為了他的沒有回覆，
而又再寢食難安、想得太多；
應該，不用再成為他的一個附屬，
讓自己變得卑微、然後埋沒了自己……
應該，應該，
不會像現在這樣，還是會想，
還是會為了他這個人而不開心。

不開心，是因為自己其實還是不捨得嗎，
還是會期望，有天可以與他重拾舊好，

好久沒見了

還是可以成為他最重要的誰⋯⋯
還是，你其實仍是有點不忿，
自己曾經如此真心去對待這一個人，
但是他不明白你的好、你的想法，
他也從來沒有給予你想要的認真與關注。
縱然走近，卻從不親近，
就算遠離，他也不在乎⋯⋯
彷彿，你的真心並不值得好好對待，
彷彿，一切努力也不值得他的欣賞，
越是接近，越會感覺到自己的不重要；
然後，最後，你不想再如此卑微下去，
你決定離開了，真的不要再見。
是早有預謀，還是一時意氣，
你不要留給他半點挽回的機會，
反正他也是不會有半點在乎，
你是早知道的，也早已經跟自己說，
何必再為這個人有半點心軟。
只是，當你離開了，
再不用去迎合那個人，
你自由了，只是你沒有覺得更自在⋯⋯

其實，比起要找回那點自由、自信，
你還是比較希望，
可以得到對方的認同與溫柔，

還是會更加希望，
可以與他一同成長、經歷更多，
縱然這天他還未察覺你的重要，
但不緊要，只要彼此有心，
你相信最後定可讓對方明白你的溫柔，
就算自己並非最重要，
但你還是會一心一意地相信、喜歡對方，
直到白頭⋯⋯

只可惜，就算一個人如何努力，
也挽救不了一段沒結果的關係。
這天，你終於想要離開了，
不想再相信，不想再一心一意地喜歡下去。
你可以回復自由了，
也可以放下一直的執著與堅持⋯⋯

後來，你們沒有再聯繫，
你也不會再主動去看他的臉書、
打探他的近況。
是因為不想再記起，
曾經有一個人，可以讓你如此卑微⋯⋯
也不想再承認，每次想起這一個人，
你都會有點討厭過去的那個自己，
但你還是無法對他有太多抱怨。

其實，你只是想純粹地喜歡一個人，
如此而已 /

你說，你知道應該要放下，
但還是藏著太深的喜歡……

你是真的有想過離開的，
一次又一次，一天又一天。
你知道，和他是沒有半點可能，
也知道，他身旁並沒有你的位置。
做他的附屬，只會讓你更卑微，
離開他，你可能會更加自在。
你是真的知道的。

只是，他突然而來的一個短訊，
讓你又再有太多期盼；
然後，他突然又對你似近還遠，
把你拉回了現實之中……
反反覆覆，來來回回，
再多的樂觀與自信，也會消磨殆盡。
你為他定下了一個限期，
如果他不會再來找你，
你就會嘗試放棄；

只是在那個限期之後，
你又為自己定下一個限期，
如果自己可以狠下心忘記，
你也是時候應該要離開……

可是那個限期，已經過了多久，
已經被你遺忘了多久。
你想，如果有天他找到了真正的幸福，
到時候你就可以下定決心離開。
然而，這又是你的真心期盼嗎，
還是其實，你只不過想用最溫柔的祝福，
來掩飾你對他的無奈與失望；
你並不是真的想離開、想放下，
其實你只是想純粹地繼續喜歡這一個人，
然後，不要讓他知道或拒絕……
就只是如此而已。

聽說，只要有天我也不喜歡你，
一切委屈難過，就會從此告終 ⁄

有時，我們做得最好的事情，
並不一定也會得到別人的喜歡。

你以為，你的細心體貼，
會得到對方的感謝與認同，
你以為，你的堅持守候，
會換到對方的珍惜與感動……
但很快你便會知道，
這些事情從來沒有道理可言，
並不是等價交換，就只不過是你情我願；
你再好，有時也可以不值一文，
你再完美，也不過是其中一個選擇。
別人不一定會喜歡，
也沒有責任要感恩珍惜，
對他來說，他只需要他想要的好，
而不是你的溫柔你的喜歡你的犧牲你的所有；
對他來說，你所做的一切也不過是一種自我滿足，
也不過是希望在他的身上換到一點甚麼，
都不過是強人所難的討好，
都只是一些不值得回憶的細碎……

有甚麼事嗎

然後，當你越是不忿不甘心，
想再做多一點去得到甚麼、證明甚麼，
他反而越會感到壓力、認為你別有用心，
你越是靠近，他越是遠離，
你越是在乎，他越是冷漠。
你也許會想，自己並不是為了要得到甚麼回報，
就只不過希望能夠為彼此留下一個美好的回憶，
即使不能一起結伴走下去，
但至少在將來回首時，不會留有遺憾，
不會茫然若失，不會無疾而終，
不會別要再提……

但這一切美好的願景，
始終也敵不過一些命中註定。
有些愛惡，從一開始就已經埋下了伏線，
你的努力、你的好，
也許能夠改寫故事的某個章節，
但還是無法重新譜寫最後的結局。
對喜歡的人來說，你所做的一切都有意思，
對不喜歡的人來說，你帶著笑的溫柔，
都只會是一種冒犯……
而你永遠無法明白，
自己所做的與別人有甚麼分別，
卻只值得他如此的尊重與熱度相待。

你覺得，兩個疏遠了的人，是不是就不可能再做回朋友？

抽離一點、客觀一點去想，
對他來說，他其實已經待你很不錯了，
至少沒有將你當成路人；
但那些年月裡所埋下的卑微委屈失望難堪寂寞不安，
往後多少年，還是會讓你隱隱作痛，
偶爾驚醒過來，卻又茫然地不知從何說起。

來到這天，你還會記得嗎，
由親近變冷漠的那種滋味 ╱

你還記得嗎，
第一天再收不到他的短訊，
那一點無奈與冷漠的感覺。

其實就只不過是，一個原本親近的人，
不會再交換笑臉、問候、關心、認真。

其實就只不過是，對方找到了新的目標，
不能夠再伴自己一起成長、一同經歷更多。

其實，這種事情真的很平常，
每一個人都會經歷過吧，
每一段關係，都總有天會走到這個階段，
總有天，我們還是要獨自堅強地走下去。

其實，真的，沒有甚麼大不了。
其實只是由原本的親近，變得無比冷漠，
其實只是變回像最初一樣，
從來都沒有認識過那般，
彼此都是對方的一個陌路人……

也就不過如此罷了。

只是有多少次，
你輸入了他的手機號碼，
卻不敢按鍵撥出，
不敢再聽到他的冷淡，他的嘆息；
只是有多少個晚上，你看著他的訊息，
看著他在線、離線、又重新在線，
循環多少遍，但始終不敢發送你的問好，
怕他不會回覆，怕只剩下不讀不回，
怕有天，連他最後的上線時間都不能看見……

但其實有些事情，再怎麼不捨，
也是已經變得不再一樣。
唯一不變的，是他最後的已讀不回，
還有那一句尚未送出的再見。
從前，那些正在輸入中的期待與快樂，
還有來往不斷的微笑問候、所蘊含的溫柔與默契，
都成了以後每一次忍不住又再思念時，
那點悲涼的強烈對比……
就是從那一天開始，你再收不到他的短訊，
你永遠都會清楚記得這一份感覺，
提醒自己，有些人再親密，
再不捨，也是不可再追。

不是我們有誰變了，
就只是我們沒有再一起前進了 /

「為甚麼我們不可以變回像從前一樣呢？」

「因為，我們都已經不是從前的我們了……」

「我不明白，明明我們一直都在對方身邊，一起向著同一個
目標前進，還經歷了那麼多事情。」

「嗯，我們都是在向前進。」我輕輕吸口氣，然後苦笑說下去：
「只是不知道在甚麼時候開始，我們都不再是對方身邊最重
要的人，不是我們有誰變了，就只是我們沒有再一起前進
了……不是我們不想繼續守在對方身邊、重拾有過的快樂時
光，只是，真的，我們已經欠缺繼續在一起的決心與力氣。」

其實就算不再見面，不再做朋友，
也不代表關係會就此終止 ╱

有種關係，不聞不問，
但仍然可以遙距影響對方，甚至折磨。

你可以不再看他的臉書、他的在線狀態，
但你無法完全杜絕接收他的近況，
不再接觸與他認識的朋友。

你可以盡量疏遠他、裝作看不見他，
但你們始終生活在同一個城市，
你始終會看見，他對著你的時候，
臉上的不自然、或假裝的笑臉。

然後，你不想跟他再友好下去，
但有時候，偏偏對方仍想跟你繼續友好，
因為你是最了解他的其中一個朋友，
因為你是這些日子以來與他最親近的人，
因為……他不想做一個離棄你的陌生人，
不想做一個，最後給你傷害的角色，
不想就這樣，不歡而散……

但其實，
一切都已經完結了，在你的心裡，
當他決定要放棄這段關係時，
你想挽回，而他頭也不回，
一切都已經變得不再一樣。
再勉強將這段關係，
延續轉換成另一種形式，
又可會是你的真正所願？
再眼睜睜看著，
他與別人變得更加親近，
猶如你們往昔般快樂，
你，又會否好過一點⋯⋯

道理是明白。
只是有時候，你也未必狠得下心，
大家都心存僥倖，
他希望與你和好如初，
你希望與他重拾舊好，
其實大家的目標已經不再一樣⋯⋯
其實，這一切早應該要完結，
但後來始終都沒完沒了。

後來，沒有我們，
只有兩個曾經熟悉的陌生人 ／

那一次訊息對話，
後來我們始終沒有說再見。

那一場我們約定前往的演唱會，
後來你約了誰人陪你欣賞。

那一對代表我們的玩偶，
那一個只屬於你的暱稱，
那些一起看過的風光，
一起嚐過的味道，
那些年，那些月，
曾經最親密，如今最陌生，
都恍如浮雲，都應該看淡，
都應該將它變成過去。
明天，總會比昨天更好，
昨天，終有天會變成一場笑談吧。
原來，再有多不捨、多不甘，
不對的人，就只會繼續是不對的誰，
總有天，還是會被更多的快樂回憶埋沒。
再多的默契，也只是用來證明，

為甚麼這樣問

有些人再熟悉，還是可以變得不相往還，
原來這一切，都有盡時，
都有他的限期。
我們應該慶幸，在那年那月那日那時那分，
我們的目光，竟然幸運地可以交會上，
曾經有過最心靈相通的一剎那，
彷彿可以永恆，彷彿從此可以刻骨銘心。
只是，最後我們還是無法逃離，
被這個世界改變的命運；
就算我們之後如何努力、如何堅持，
還是只能無奈地選擇放棄，
選擇理智地放開對方的手，放過彼此……

只是我們如今還是不會再靠近，
不會再見面，不會再問候，
連想再回憶一下往昔的美好，
也彷彿會用盡剩餘的力氣……
然後又會再忍不住想，
到底是為了甚麼，我們今天會變成如此陌生。

最近覺得有點感觸

不再問太多，不是因為你終於妥協，
而是你開始學會心淡 /

如果問了，但是對方不會認真，
那又何必讓自己的在意變成別人耳裡的煩擾。
如果問了，但是對方不可能回答，
那又何必將自己的尊嚴變成被別人浪費的笑話。
如果問了，但是對方只會繼續逃避，
那又何必要繼續看著螢幕守著他最後的已讀不回。
如果問了，但是對方最後還是會遠走，
那又何必把僅餘的一點回憶都一併斷送，
讓自己以後都一再懊悔⋯⋯

後來，很多事情都不會再問，
不是因為終於學會盲目相信，
也不是因為你們真的心靈互通，
而是終於只能承認，
即使再問太多，對方也不會想坦白半點，
再問下去，就只會換來他的厭煩，
再想下去，也只會顯得自己卑微。
若是如此，
倒不如不要想、不要敏感、不要自討苦吃，
那麼至少還能換到半晚安睡，

至少還能夠在他面前，
繼續裝出最自然的笑臉……

即使他不會知道，你的眼裡，
仍是只會看見他這一個人；
有多少夜深，你還是夢見他的突然遠去，
你問他為何捨得離開，
但是每次驚醒過來，也是未可得到他的回覆。

有些人本來很親近，但可以忽然說散就散

總有些人，在你快要忘記他的時候，
若無其事地來向你問好 ╱

「你有遇過這樣的人嗎？」
「有啊。」

「你會怎樣對待他們？」
「沒甚麼方法可以對待，每次我都會提醒自己，別要太認
真。」

「但如果他是你很在乎的人呢？」
「即使如此，問題是，他總是在他有需要的時候才會來找我，
聽他的煩惱，談他想談的話題，得到他想要的東西；然後談
完了、滿足了他的要求，他就立即消失不見，對我的事情卻
不會過問，又或是只有表面上的關心，從來不會有更多著緊
或認真。每次我都會提醒自己，有些人可以交好，但不可能
變成真正的深交，就算我有多在意這個人，但只要想想你最
難過時，那些人也是不會主動來慰問一句，你就應該要接受
或承認，其實自己在他們的心裡，沒有佔上一個很重要的位
置。那又何苦，要讓自己入戲太深，然後讓自己變得更卑
微。」

後來，你終於學會不痛不癢，
但這一切，又是為了誰 /

後來，你終於學懂了一些事情。

不會再主動找他，
不會再立即回覆他的短訊，
不會再在他生日的時候傳他祝福，
不會再讚好他臉書上的任何相片，
不會再對他的一言一行而想得太多，
不會再無了期等待他的承諾，
不會再相信將來還有機會與他再聚，
不會再因為有誰和他親近而坐立不安，
不會再讓自己的雙眼裡只有這一個人，
不會再嘗試靠近他的世界……

只是，

你不會再主動找他，
但每次他致電找你，你還是不懂得如何拒絕。
你不會再立即回覆他的短訊，
但你還是會因為他的不讀不回，而想得太多。
你不會再傳他生日快樂，

完全無法預期得到，也彷彿不需任何理由

但你還是在凌晨零時，對夜空傳送了你的祝福。

你不會再讚好他的臉書，

但有多少夜深，你還是因為他的舊留言而忘了時間。

你不會再理會他的一言一行，

但其實他的生活，也是已經與你再無關係。

你不會再等待他的承諾，

但又有多少次，你因為夢見他的失約而驚醒過來⋯⋯

你不會再相信還有機會再聚，

但每次回到那個街角，你仍會想起曾經的偶遇。

你不會再因為他與誰人親近而坐立難安，

但不是你不再在乎，而是你終於習慣了這些難受⋯⋯

你不會再讓自己雙眼只有他這一個人，

但閉起了雙眼，還是會首先掛念起那一個誰。

你不會再靠近他的世界，

但你再費力，還是走不出他的影子⋯⋯

後來，你說，

你不會再主動找他，

只是你還是會暗暗期待，哪天他又會回來找你。

後來，你說，

你學懂了不讀不回，

但你還是會記得，尚有一封未閱讀的短訊。

後來，你說，

你不會再執意去忘記這個人，

只是每次想起的時候，還是會覺得時間有點漫長……

後來，你說，
你終於學會不痛不癢。
但這一切，又是為了誰。

這天我不再需要你了，於是你就變成一個陌生人

你不記得我，不緊要。
只要有天我也記不起你，那就行了 /

你不在乎我，不緊要。
只要有天我也可以裝作不會在乎，
那就行了。

你不明白我，不緊要。
只要有天我找到其他願意明白的人，
那就行了。

你不靠近我，不緊要。
只要有天我能夠學會不再依賴你，
那就行了。

你不會想我，不緊要。
只要有天我也不會再去想你，
那就行了。

你不珍惜我，不緊要。
只要有天我習慣那一種被你捨棄的感覺，
那就行了。

你不喜歡我，不緊要。
只要有天我也不喜歡你，
那就行了……

只要哪天我可以跟你一樣，
不會在乎、不會動心、不會想得太多、不會念念不忘，
就會好了……

只要。

又或者應該說，是一個無關重要的人

你在乎，他始終不在乎。
這樣的一段關係，為何還要努力下去 /

那天，你在聚會裡，
終於幸運地遇見他，很久沒有見面的他。

你看著他，但始終不敢太直接，
怕會惹他討厭，也怕會令自己更難堪。
但其實，他全程都沒有看過你一眼，
說話時也只會看著別人；
你嘗試搭話，他的語氣也是冷冷，
然後一句起兩句止；
同行時，他也會與你保持著一段距離；
大家合照，他也不會靠向你，
甚至想與你站得遠遠⋯⋯

你明白的，你真的明白。

當你遇過太多這些情況，
你就會開始相信或接受，
這一個人真的不想跟你親近。
即使你費盡心力做了多少事情，
或是表現得有多無奈，

他不會欣賞你，不會主動關心你，
不會想花時間去了解你，
更別說他會為你去改變一些甚麼。

你在乎，他始終不在乎，
這樣的一段關係，為何還要努力下去？
而且他也沒有要求你留下，
若再這樣下去，反倒顯得你自討苦吃……

再繼續下去，那又是為了甚麼？
你每天都會這樣反問自己，
然後始終都找不到，
一個可以讓自己心息的答案。

就算再怎麼努力靠近、做些甚麼去彌補或討好

那些曾經，也許將來都不會忘記，
只是以後，也不可能再回到從前 ／

你還記得嗎，
我們最後的一次訊息對話。

那天晚上，
我終於鼓起勇氣，向你說聲晚安。
想不到，你很快就回應我了，
只是你接著說，很累了，
要早點去睡；
我只好說好，跟你說，
我們下次再聊。
然後我們都同時離線了，
然後⋯⋯

我還是睡不著。
拿起手機上線，見到你依然在線。
你沒有睡，我也不想睡，
只是我們不會再傳對方訊息，
已經不再是那些年的夜深，
見到對方未睡、就會忍不住傳對方短訊，
亂聊說笑直到凌晨，

一起傻笑無聊到清晨也未覺疲累……
已經不再是那些年的我們，
寧願多談一句，也不捨得合起雙眼，
捨不得向對方去說一聲，晚安……

也是在那天之後，我努力告訴自己，
不應該再去打擾你，
不要再奢望去想要得到你的一聲晚安，
你的一句簡單的生日祝福。
即使後來我依然會記得，
你的生日，你的手機號碼，
你喜歡的味道，你討厭時的皺眉，
還有嘆息時的搖頭苦笑……
後來總是會自責，
以前怎麼不懂得珍惜這些相處，
怎麼沒有更用心地去記下更多你的笑臉，
你的溫柔……

是的，我知道，
都已經過去了，應該要過去了。
只是如今手機的訊息記錄裡，
還是清楚記下有發生過的種種一切。
最後我們沒有說再見，
彷彿尚未完結，只是也不可能再從頭開始。

都只會是永遠被嫌棄的一個

就算再思念，他也已是一個過客，
那又何必要執著說再見 /

「你真的不想見他嗎？」

「其實我已經見過他了。」

「甚麼時候見過他？」

「在夢裡。每次我都會夢見，他最後離開前的陌生，他的冷漠，他的虛假……到現在我還是分不清楚，這才是真正的他，還是一直以來我始終不了解他……即使我們已經認識了這麼多年。每次夢醒過來，我都會問自己，為甚麼會認識這一個人。我真的很累了。如果與他再見面，我一定又會再次想起，為甚麼他如今會變得這麼陌生，為甚麼我還會念念不忘，若是如此，我寧願不要再見到他，就當自己從來沒有認識過這一個人。」

「……但是這樣想，你也不見得會快樂一點呢？」

「或許，但至少，我可以不用再想得更多。」

有些事情並非真的不在乎，
而是你終於學會如何放棄 /

你知道，
有些人與事，就算再認真再著緊，
但是始終在你的控制範圍之外。
你生氣，別人也不會理會，
你為此受傷，也只會認為你是自討苦吃⋯⋯

到頭來，
彷彿也是你一個人入戲太深，
而這齣戲從來都沒有你的戲份。
既然如此，
你只好讓自己變成一個觀眾，
或隔岸觀火，或嬉笑怒罵，或裝作淡然；
並不是你真的不再介懷，
也不是那些人與事真的不再重要，
而是你終於接受或承認，
自己是真的無能為力，一點改變的可能也沒有⋯⋯

而你只能改變自己去適應、
或是被這種絕望一點一點地改變。
既然如此，在你快要被改變之前，

你決定選擇離開、或放棄。
對別人說，這一切都已經不再重要了；
再沉重再無力也好，都已經與你再無關係了⋯⋯

即使後來每次想起，
還是會為那些不屬於自己的人與事，
默然心痛，然後又一個人繼續想得更多。

也許最後你也不會發現，
原來我對你有過太深的喜歡 ∕

喜歡一個人，應該要讓對方知道。

只是有時候，就算喜歡得再深，
我們還是會得不到，說喜歡的機會。
例如，當你無意中發現，
他原來已經另有喜歡的人，
又甚至是，他早就與另一個人，
展開了新的戀情⋯⋯
比起他明確地說不喜歡你，
他與別人已經在一起，
彷彿更能夠讓你感到絕望，
更可以令你清醒，
自己是不是還要繼續靠近下去，
要向他表示你的喜歡。

即使在此之前，
你其實已經猜想過無數次，
他會否拒絕你、還是幸運地得到他的認可；
即使來到昨夜，
你仍是會默默地、不著痕跡地，

對不起，跟你說起這些事情，好像把你悶壞了

去待他好、給予你的溫柔，
不求讓他明白，也不求太多回報。
就只望他會快樂幸福，
就只望可以繼續這樣伴在他的身邊，
再多一季、再多一天……
直到有天，他終於交上新的朋友，
甚至認識了新的對象；
直到哪天，你終於也學會了放手，
不會再回望，不會再苦笑……

只是，就算你心裡早有預期，
但當你知道，他跟另一個人相戀，
當你看到，他們合照裡的那種默契，
當你聽見，他微笑著說的一聲「我們」，
你才開始明白，有些事情是真的無法勉強。
再努力再堅持也好，
也只會讓自己更難堪，
再不捨再認真，也只可埋在心裡，
寧願對自己殘忍，
也不該對他帶來更多打擾……

或許你仍然會喜歡下去，
只是你已經放棄，
對他透露任何一點喜歡。

原來有些時候，說喜歡也會講資格，
即使其實，說與不說，
最後可能也會得到同一樣的結果，
但如果早點說了，至少不會留一個遺憾，
至少不會像如今那樣，
要將這份心意一直埋藏、不能對他坦白，
喜歡得再深，也不能得到一個退場的資格……

就算再失意，明天醒來還是會想，
自己是不是應該就這樣放手。

:)

難耐的是，一直以來，
原來就只是自己入戲太深 /

有時最難耐，也最難接受的，
就是原來只有自己一個人入戲太深。

你不是不知道的，
他找你，並不是為了想見你，
只是因為想有一個人陪伴；
他不接聽你的電話，不是因為他在忙，
而是他不想你打擾他的約會。
他偶爾會對你說，你很重要，
但其餘的時候，你還是要無奈承認，
你就只是他的朋友二號三號四號，
甚至是從來沒有一個位置；
你的重要，只出現在他需要你的時候，
時限過了，你的堅持就會變成打擾，
再貼心的關懷，也會變成無需回應的無聊短訊，
再長情的陪伴，也始終及不上別人偶爾的，
一聲問好。

其實你是知道的，
他不拒絕你，並不是因為他不捨得你，

他很喜歡跟你成為好友，
但偏偏，有時你也得不到朋友的尊重與信任。
你曾經以為，和他還有更進一步的可能，
但他一顆心，早繫在他最喜歡的人身上，
對於你，與其說友好，
不如說是一種習慣的依賴，
讓他可以任性地要求、做回自己。
而他未必會珍惜，因為你始終不懂得拒絕，
因為除了默默的付出、不求回報，
你已經不敢確定，自己還可以再做些甚麼，
來延遲他有天的突然疏遠，
將你留在他身邊的資格從此取消。

只是你始終不能知道，
他其實知不知道，你有過的這些心情；
他是否曾經也有一刻想過，
其實你早就已經太清楚知道，
這些難以對任何人與他說得清楚的無奈與卑微。
如果他是知道，為甚麼還會繼續找你，
為甚麼還對你如此忽冷忽熱，
為甚麼在你需要他的時候、
他可以表現得無比冷漠，
為甚麼每當你真正心灰意冷的時候，
他又願意給你一點不屬於你的溫柔……

如果他是明知道你的感受，
為甚麼又會捨得將你如此折騰；
只是你偶爾又會想，
如果他是真的不知道、沒有半點察覺，
那麼一直以來，你所做所付出的種種，
其實又是為了甚麼，
原來，自己努力做得更好，
就始終只值得他的如此對待，
他沒有半點察覺與在意，
原來一直以來，就只是你自己一個人入戲太深……

不是這樣的，
你對自己這樣說。
他其實不是不知道你的無奈，
只是他不會主動說破，
你也不會捨得去揭穿這一個事實。
他不是沒有想過你的難堪，
只是你也知道他或許也有各種苦衷，
你喜歡他，他卻無法勉強自己也喜歡你，
你對他好，他又怎能分得太清楚，
他對你的是感謝，或是也含有一點兒的喜歡……

然後，你開始習慣，
為他找更多藉口，

也不是

來掩飾或合理化，自己的卑微與委屈，
來逃避去承認或接受，
其實真的是只有自己一個人，用情太深……
他會找我，是因為也需要我，
是因為我是一個值得他信任的人……
只要他可以開心，其他甚麼都不再重要了；
只要可以繼續如此守候下去，
再苦澀，也是一種應該慶賀的福氣。

哈哈

輯
二

倦
逃

快樂時，你用盡全力表現快樂。
悲傷時，你用盡全力隱藏悲傷。

然後有天，當你再也隱藏不了那些悲傷，
你很累了，卻沒有人明瞭，
只好選擇逃離，不讓別人找到，
不讓別人理解或誤解；
就只希望，將來某天，
在自己可以重新快樂起來的時候，
讓大家繼續看到那一個依然快樂的你……

這樣的你，快樂嗎？
這樣的你，還會累嗎……

你很累，於是你讓情緒藏得更深，
讓快樂演得更真 ／

有多少次，你已經很累很累，
但還是讓自己在別人面前，勉力笑了。

有多少次，你的心裡累積了太多灰暗，
但因為不想別人擔心，於是努力演活那個快樂的你。

有多少次，那點鬱結又再悄然襲來，
你掩飾不了，於是只好藉詞說是為了某個不重要的誰。

有多少次，很想找到一個人聽自己傾訴，
卻又害怕承認自己的軟弱，最後反而變得更加討厭自己。

有多少次，你其實不想再假裝微笑了，
但看見其他人不快樂，你反而努力振作去慰解對方。

有多少次，你告訴自己怎樣也沒有所謂了，
你以為自己已經變得堅強，卻又會為那誰的說話執迷不悟。

有多少次，你有多想甚麼都不要再想，
去做自己喜歡的事情，去重新喜歡這一個躲在心裡的小孩。

有多少次，你好想不要再假裝再扮演，
不再期待得到誰的喜歡，
只望找到一個真正明白自己的人，
可以讓彼此的心找到一個倚靠，
偶爾結伴同遊，偶爾一起靜靜地看海，
痛了，就說一聲還有我在，
累了，就說一聲晚安。

晚安。

或許有時候，我們以為彼此親近，但原來只是自己想太多

謝謝你，陪我走過那些日子，
也陪我從熟悉變得不相往還 /

有時我會想，
是我們哪天說錯了甚麼，
還是不敢再去說些甚麼，
讓曾經最知心的我們，
來到這天，就只剩下客套的微笑，
或是，其實不會再見的下次再見。

如果彼此能夠坦誠一些，
將自己的真正想法與心意，
毫不保留地告訴對方知道，
那麼後來的結局是否就會不一樣，
我們，是不是就不會變得如此陌生。

但一切都回不去。
不是輕輕一抹，就能夠回復亮麗無瑕。
有珍貴的回憶，也會有不想再記起的難堪，
我們只能叫自己學習去記得美好，
但在孤單的時候，在最想見到對方的那一瞬間，
還是會首先記起，曾經的拒人千里。

真的是我自己想太多了嗎

你還會記得嗎，
我們最後的那次見面。
你依然帶著一貫友善的笑臉，
不停細說著你的近況，
我就只是一直微笑細聽，
沒有答話，不想打斷你的興致。
直到最後，話說盡了，
我碰巧看了一下手錶，
你忽然說不如走吧。
然後，我們在某個分岔路上，
和對方說下次再見。
我一邊走，一邊戴上耳機，
終於感到一陣輕鬆，
也有一點悵然的無奈……

然後，我們沒有再見了。

後來，我偶爾都會回想起，
那一次最後的碰面，最後的那聲再見。
後來，你有做到你最想做的事情嗎，
後來，你有變得比從前更快樂吧……
雖然都已經與我無關，
你也不會再告訴我知道。

但還是會追問自己，
如果那天有將心意說清楚，
我們是否就會一起找到，更好的結果。

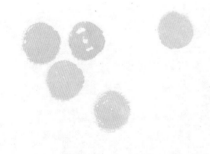

再怎麼不捨，再怎麼喜歡，
有些人始終不會屬於自己／

「如果可以，我希望能夠一直伴在他的身邊，就算他心裡掛
念的人，始終不會是我。」
「但你最後還是寧願不要再見到他。」

「嗯。」
「為甚麼呢？」

「因為我後來終於明白，就算我待他再好，他始終不會為我
保留一個位置⋯⋯即使就只是一個後補，他都不會為我去做。
既然如此，我再繼續勉強留在他的身邊，其實又有甚麼意義
呢？」

「因為你喜歡他，喜歡得無法自拔吧。」
「但是，我已經累了，真的。」

後來，我終於學會不再找你，
只是你也不會在乎 ／

後來，我終於變成了你的理想。

不會再時常去找你，
不會再傳短訊去說生日快樂，
不會再亂想你為甚麼已讀不回。

也不會再主動去約你，
寧願等你有空時才來找我，
不會再問你的意見或想法，
嘗試去獨立思考，去處理自己的情緒。

如果可以見面，要記得保持微笑，
不要在你的面前，有半點唉聲嘆氣；
如果不可以見面，也要記得獨立堅強，
不要為你帶來任何不必要的煩惱，
也不要因為我這個人，而浪費你的任何時間。

你總是很忙，
我應該要嘗試接受你的善忘。
你朋友很多，

我應該要體諒你的分身乏術。
你對我很好，
我應該要感謝你的偶爾溫柔。
你變得陌生，
我應該要相信有天可以再見。
就算不能夠親近，
但至少不會換到你的討厭，
甚至可以得到你的一點尊敬……

即使在這過程裡，
是有過多少寂寞與難耐，
用了多少的正能量來說服自己，
不要再亂想不要再灰心；
然後再用了更多似是而非的道理，
叫自己學會放手、接受、從容面對，
不要再去找你，
也不要再想你為甚麼沒有找我……

然後，後來，
我終於變成了你的理想，
在不知不覺之間，在經過多少秋冬之後，
不會再靠近，
也不可能再讓你有半點生厭。
只是我們也不會再聯繫，

變得再陌生，你也是不會有半點察覺。

然後哪天，我們在街上偶遇，
我們也沒有再說話，就只是在彼此身邊，
淡然的擦身而過⋯⋯

就只是如此而已。

你以為不要期望，就不會失望。
但原來，最後還是會一樣難過／

你以為，
自己已經習慣了這一種寂寞，
也不再需要別人的理解，
你一個人，還是可以好好的過，
還是可以假裝自在地笑得開懷；
那又何必，
去打擾那些不會停留的人，
然後再換來被冷落忽視的機會，
讓自己變得更可笑卑微。

是的，
只要不要期望，就不會失望。
你一直都相信這一個道理。

只是有時候，不去期望，
原來還是會一樣失望……
原來那些一直累積的疲倦與失意，
還是會在某一個最靜寂的夜深，
或是大家熱烈歡慶的節日，
在最深處悄然張狂，
最後還是會讓你變得無處可逃。

我也曾經以為是我自己想太多

有時不是真的放下，就只是已經累透了，才顯得沒那麼執著而已 /

有時會連自己也欺騙了，
以為自己終於復原過來，
終於從那疲累的盡處得到重生；
從此以後，不會再受到誰的傷害，
也不會再對那些不對的人，
太過執著、太過認真……
他走得再遠，你也會覺得再沒關係了，
就算他變得更冷漠更陌生，
你也不會有任何可惜或痛心。
彷彿自己終於可以變得不痛不癢，
彷彿，你終於可以脫離他的支配，
終於可以放下這一個始終留不住的誰，
然後去展開真正屬於你自己的人生……

只是偶爾你還是會忍不住回望，
自己身邊那一個始終空著的位置，
曾經有他存在過的位置……
後來你終於發現，
有時我們彷彿可以放下一個人，
並不是因為真的不再在乎、不再眷戀，

?

而是那些一直累積的困倦與無力感，
讓你不得不嘗試放下，
讓你埋藏自己內心的真正感受，還有真正的你，
對一切無法逃避的刺激、痛楚、傷心與沉重，
彷彿都可以變得麻木，都可以跨過去了……
但其實，自己不是真的變得堅強，
不是真的從此可以獲得自由了；
自己依然無法留住那一個最想留住的誰，
而如今實在已經力竭筋疲，
才捨得放自己一條生路，
還自己一個自由，
一個以後都不會再見的自由。

不會再找他，不是不再在乎，
而是不想再自討苦吃 ╱

「我真的很累了，傳他短訊，他不是不回應，就是隔天才會
回應一個字；問他甚麼，他都像是不想回答，甚至不會看著
我說話⋯⋯為甚麼要這樣呢？是我做錯了甚麼嗎？但他又不
會解釋半句，彷彿我就只是一個路過的陌生人一樣。」

「既然如此，那你為何還要這麼主動呢？」

「⋯⋯有些關係，如果連我自己也不去主動，我們就會真的
完了。」

「但是，主動多了，你也會累；總有一天你也會力竭筋疲，
不想再勉強維繫下去的。」

「⋯⋯其實，他是在等我知難而退嗎？」

「又或者，他也欠缺勇氣，不知道應該如何拒絕你的主動與
認真。」

「⋯⋯那我是不是不應該再這樣自討苦吃呢？」

「最怕的是，你自己沒有想像中那麼怕苦。」

不明白

當失望終於累積到極限，
到時候，你又會真的捨得放手嗎 ╱

你以為，只要累積足夠的失望，
有天自己就可以學會忍痛離開。

於是，有多少次，
你讓自己繼續去承受更多的失望，
即使明明已經累到力竭筋疲，
但還是會叫自己繼續默默承受下去，
不要就這樣放手，不要這麼快離開。

然後，對自己說更多的算了、不要執著，
然後，真的慢慢地學會算了、不再要求。

就算過程再苦，
也只盼自己可以漸漸適應這些失望，
自己會找到更多的方法，
來讓自己開心一點，來沖淡失望的滋味……

因為你以為，這樣的失望，
終有一天會突然完結。
你以為，只要累積足夠的失望，

有天自己就會忍痛離開……

如果真的是這樣，就好了。
如果，長久以來的失望，
沒有變成一種離不開的習慣，
就真的太好了……

如果，真的，
只要再累積更多失望，
只要繼續心灰意冷、終於學會心淡，
只要哪天，你終於到了極限，
你終於可以頓悟醒覺，
不執著，不回頭，不要問，不再見，
將這些日子以來一直累積的失望、迷惘、
不安、後悔、委屈、不忿，
轉化成乾脆轉身放手的勇氣與決心，
絕望到了盡頭，人就可以再重新開始吧，
到時候，自己可以捨得轉身離開，
到那天，應該可以真的還自己一個自由……

那一切該有多好。

只是，在那天到來之前，
你還要再過多少天這樣失望的日子。

然後，你會不會有天累積了太多疲累，
而漸漸忘記了這一個目標嗎？
然後，你又會不會以為這就是你的最後目標，
而竟然讓自己忘記了，
你真正最想要做到的，並不是放棄，
而是想要與某一個人在一起快樂地走下去……

但那一個目標，
對如今的你來說彷彿已經太過遙遠。
在你的回憶裡，已經埋藏了太多失望，
你想放手，想有天可以終結，
只是到了下一次，
你竟然可以再承受更沉重的失望，
而最後你還是會不捨得放手。

不進不退，沒完沒了。

你已經習慣將所有難過往心裡埋藏，
但是始終無法裝作笑得開懷 ╱

你試過這樣嗎，
心裡有很多感受，
但不想再對別人說明。
明明，有很多想見的人，
但最後還是寧願一個人獨自面對。

每次你都會跟自己說，
那點感受，不過是一些不值一提的自尋煩惱。
再不快、再委屈、再受壓，
始終會變成過去的，
只要你不開口，別人也不會發現，
對世界也不會帶來任何影響；
說出口，也是無補於事，
說再多，也會惹人生厭。
而且你知道，
比你更難過、承受著更多痛苦的人，
在這世上還有很多很多，
還有更多人比自己更值得關注與憐憫，
自己又還有甚麼資格去尋求別人的安慰……
然後你開始會責怪自己，

為甚麼不可以堅強一點撐過去，
為甚麼還要為了那點微不足道的小事，
讓一切都變得太過沉重……

而且，難過的心情
有時候也很難去說得清楚。
別人未必願意明白，
也怕別人會因此看穿自己的卑微。
於是你寧願不要再奢想別人的理解，
用笑臉來塗抹自己的沉默，
不要讓別人誤以為你在生氣，
不要被別人插手你紛亂的壞情緒，
彷彿自己這天仍然過得很快樂，
有很多值得去微笑的事情與同伴，
有更多應該期待的未來與人生，
即使你的內心深處其實是空無一物……

每天你都在微笑，
卻不知道有甚麼事情還值得快樂。
然後漸漸會開始忘記，
自己是為了甚麼事情而如此高興，
漸漸也會再分不清楚，
自己是為了哪些曾經而疲累如斯。

沒甚麼

自己的難過，應該要由自己負責，
別人沒有義務去為自己分憂。
你告訴自己，在如此艱難的時刻，
應該要笑多一點，應該更要積極正面一些，
笑多一點，至少不會讓彼此更加難過，
至少可以換來一晚的輕鬆。
只是漸漸，你也開始變得不想去見人，
怕自己再無法在別人面前，
成功地裝作笑得開懷，
怕對方會察覺你無法掩藏的情緒，
怕最後再無法逃避面對，
原來我們對彼此的難過都無能為力，
徒添更多無力感，
然後換來下次的不會再見……

那倒不如，讓自己繼續一個人獨自去面對，
去難過不安，去檢視自己的傷疤，
去幫自己療傷，去練習喜歡自己，
去自尋更多煩惱，去習慣迷失，
去期待一些其實不可能再實現的夢……

如果可以，你有多想遇到一個人，
可以和你分享此刻的喜怒哀樂，
去陪你哭著入睡，去伴你再重新出發，

就算明天的世界依然不太好，
但你知道，只要在他身邊，
你就會充滿勇氣，
只要能夠相視微笑，
你就覺得沒有甚麼事情完成不了⋯⋯
以後再不用獨自一個人，
在深夜裡看著手機螢幕，難過心痛，
就算遇到真正值得慶賀的事情，
卻始終無法笑得開懷⋯⋯

你說，
如果可以遇到這一個人，那有多好。
如果可以再重遇那一個，
想哭就哭、想笑就笑的自己，
那有多好。

你有試過去聯絡對方嗎？

後來你學會不再計較，
得不得到也好，都覺得沒所謂了 ╱

也許有天，你終於會變得不再在乎。

你說，如果有一天，
你終於變得不再執著，
不會再想著如何得到他的喜歡，
也不會再計較，他對你有多過份，
他從來沒有珍惜你的好心與溫柔……
你終於做到了，不會再為這個人，
有更多失望或生氣，
並不是因為你學懂了原諒、奉獻，
也不是因為你對他有太深的喜歡，
而是你真的累了，
真的，甚麼都沒所謂了。

不想再因為他的一句說話、
一下皺眉、或一而再的已讀不回，
而想得太多，而一再糾結。
也不想再因為他的冷漠沉默、
他的雙重標準、他的虛偽自私，
而讓自己再失望更多更多。

已經試過很多次了

你還記得，有多少次，
他因為你無心的一次犯錯，
就讓他忘記了你一直以來所有的付出；
你還記得，有多少次，
他對你說你是無比重要，
但在他的身邊，始終都沒有你的位置；
你還記得，又有多少次，
因為你的溫柔，他變得更加得寸進尺，
因為你的沉默，他對你又再一屑不顧；
你還記得，那一年那一月，
不想見人，不想說話，
他卻忽然來找你，為的只是想要你幫他的忙，
然後，再沒有然後……

嗯，還是有的，
然後有一天，你終於突然想通，
你們的關係，其實是有多麼的淺薄。

或許，他也會對你這樣說，
你有甚麼感受，都可以跟他說清楚。
只是度日如年的滋味，
又如何可以用三言兩語說完，
又是否真的用言語表達，就可以釋懷得了。
而你是太心知肚明，

他對你的耐性，並不會太過長久，
他對你的認真，也不會變得更厚。
你在他的生命裡，
只是一個過客，就只是如此而已，
你其實沒有義務，讓自己付出所有；
也沒有權利去勉強，
要他付出與你一樣多的時間與用心，
或是要他去明白，他這一個過客，
竟然可以讓你嚐到度日如年的真正意思……

你說，如果有一天
不會再為這個人有更多失望或生氣，
並不是因為你學懂了原諒、奉獻，
也不是因為你對他有太深的喜歡，
而是你真的累了，
真的，甚麼都沒所謂了……

只是那一天甚麼時候才會出現，
甚麼時候才真的可以放手，
來到這夜，你還是未能好好的說清楚。

原諒很難，但到最後你會發現，
原來最難的，是如何才可以放過自己／

有多少次，
他讓你感到無盡地失望，
但是你沒有再告訴他知道。

那些他永遠不會記牢的承諾，
那些他總是會忽略的心意，
那些你始終會太在意的犯錯，
那些你仍然忘不了的委屈……
你知道，說得再多，
他還是會輕易忘記，
你再不甘、嘆息或生氣，
他還是會有各種理由與藉口，
對你一再拖延，或是對你一再欺瞞。
他對你是認真嗎，他是真的會改嗎，
他是有心繼續一起走下去嗎，
他是真的喜歡著眼前的你吧……
如果不是真的、不是認真，
那為何在你每次都想要放棄的時候，
他又會一再伸出手向你挽留，
彷彿你真的很重要，彷彿他真的會改過，

例如？

然後當你氣消了、再也沒有離開的決心與力氣，
他又再故態復萌，又再一次讓你失望或生氣。

偶爾你會想，
其實他也是對你有一點在乎吧，
只是他不知道應該如何與你相處，
只是彼此還未互相清楚了解、
他不知道如何和你一起分擔各種煩惱。
可是，每次當他寧願選擇採用逃避的態度，
也不想面對你的失望或嘆息，
不想跟你一起坦誠地溝通、甚至相對……
比起他始終不會改變，
你更擔心他有天會突然轉身離去，
於是你開始學會放下你的尊嚴與底線，
學會一再地對他原諒；
然後再勉強自己去相信，
這一個人是真的想要繼續和你交往，
就像最初你們認識的時候一樣，
對你那麼認真、尊重、關懷、溫柔，
曾經你相信，這一個人是值得交往下去，
只要可以在他的身邊，你就已經心滿意足……
但如今，對著他，
你漸漸不知道自己還可以做些甚麼，
來挽回你們之間曾經有過的熱情；

傳訊息給她，她不會回覆，打電話給她，也不會接聽

你開始學會如何用淡然的態度來平息你的難過，
不要緊，我沒事，沒關係，算了，你喜歡吧……
由最初原本你好想對他表達的失望心情，
漸漸演變成你不想再限制他的自由，
不想將你的委屈與無奈，轉化成兩個人的不快樂。
你跟自己說，這一次不行，
總有一次，你終於會讓他醒悟改變，
總有一天，他一定會真正明白你的苦衷，
會感動你一直以來所承受的所付出的一切……
你告訴自己，一切都會好起來的，
至少如今，他還會留在自己身邊，
至少這天，你仍是可以繼續嘗試相信，
可以將一切失望無奈委屈心痛，
都化成一杯苦水，或無聲的嘆息。
即使會繼續難受、不會得到他的明白，
但也不想就這樣放棄……

始終都未可，放過自己。

你滿身傷痕，他卻責怪你，
為甚麼不可以放下這些傷口 ╱

「我不明白，為甚麼受傷的人，最後反而會變成被聲討及懲罰的一方。」

「為甚麼這樣說？」

「上星期，我終於鼓起勇氣，去找他。我並不是要求他去做些甚麼，就只希望能夠得到他認真的道歉……但是，我失敗了。」

「他怎樣回應你？」

「他對我說，那些傷口再痛，也是已經過去了，我們應該要向前看，再執著於那些傷疤，也只會令那一個結變得更加難以解開，就只會讓彼此更加受傷……再這樣下去，也只是無法讓大家重新出發，難道我真的想大家都繼續這樣互相糾纏、拖累下去嗎？難道我就不可以為大家的未來著想，付出多一點、踏出多一步嗎？難道這樣拖垮彼此的生活，就是我一直追尋的幸福嗎？難道我不覺得這樣已經違背了當初的初心嗎……然後他又說，原來我是一個如此短視與自私的人，他看錯我了，不想跟我這樣的人再有任何往來……最後還警告我不要打擾他的生活，否則就會對我不客氣……」

「那時候他這樣傷害你，他怎麼能夠還對你說這樣的話？這

漸漸我都已經習慣了她的已讀不回

不是二度傷害嗎？」

「所以過去這星期，我完全不想見人……」

「難怪你會問，為甚麼受傷的人，反而會變成被聲討及懲罰的一方……他讓你受到傷害，卻從來沒有道歉甚至請求你的原諒，甚至還要你將這些傷痛就這樣放下，只為了讓他的生活可以繼續保持正常……他真的完全不覺得自己有任何犯錯，真的可以如此心安理得？」

「他說，他之前已經對我解釋過，他並不是有心想對我做那些事情，他之後也會好好反省……」

「嘿，他那些不痛不癢的解釋，原來就可以平復受害人的傷痛，以後就不會再記起那些被傷害的回憶？就是因為有他這樣的人，總是會昧著良心自圓其說，讓自己可以好過一點，甚至縱容自己犯錯下去、欺壓受傷的一方，於是大家才會漸漸變得越來越沉默，就算明明受到別人的傷害，也寧願先去怪責自己不對，甚至去怪責為自己聲援的人。」

「真的不是因為我的錯嗎？」

「傻瓜……這些日子，真的辛苦你了。」

當失望到極點，連說一句「算了」，
也會覺得是自討苦吃 ∕

漸漸，
你開始習慣去說，算了，
然後不再說下去。

反正再問下去，
也不會得到他的回覆，
再說更多，也是不會換到多點認真……

說一句算了，
並不是想對某人表達你的失望，
因為你知道，你再委屈，
那人也未必會有太多在乎……

說一句算了，說到底，
其實就是說給自己聽的，
其實就不過是想令自己好過一點，
可以暫時停止那無止境的失望與無奈，
不要再思考，不要再期望，
在放棄之前，讓自己得到可以喘息的空間，
然後再去找更多理由或藉口，

我知道應該要放棄的，但還是不自禁地想要堅持下去

來說服自己繼續去相信、繼續去期待⋯⋯

算了，就不要再計較更多，
當中包含了多少失望與苦笑。
算了，明天醒來，
一切也是不會有任何改變，
他還是不會在乎，你還是不會放棄⋯⋯
算了，何必還要再說更多更多，
到頭來，還是會難為了自己。

有時真的累了，好想逃離這一種情緒，
但最後還是發覺無處可逃 ╱

你說，你累了，
好想逃離這一種情緒，
只是不知道可以逃到哪裡去……

尤其當，你逃得再遠，
但那些難過的回憶，仍是如影隨形，
根本就不可能逃離得了，
就只等著你在更孤單失意時，
嘲笑你的白費氣力……

原來，沒有目的地一再逃走，
有時反而更加累人。
原來，此刻自己所需要的，
是有一個可以停下來的缺口，
可以有一盞亮燈，照亮如今灰暗的天空，
為自己再次尋回本來的路向。

即使你知道，這也是不可強求。

但只願，

就好像我自己在犯賤一樣

偶爾你會遇到傷心、難受，
偶爾會感到無力、失意，
但請不要輕易放棄，
也不要讓自己變得越來越害怕，
那些你本來不認同的人與事，
你不會妥協的思想與價值觀。
當你怕了，退了，
往後你就更難去放過自己……

人心有時會很軟弱，
請記得，偶爾也要好好哄哄自己，
在最疲累的時刻，也要為自己打打氣。

就算失望，但不能輕易絕望。
就算前無去路，但請相信，
只要轉身，可能會找到不同的目標與路向。
可以嗎？

這天，你辛苦了。
請好好歇一會兒，
請一起好好守護抱緊我們自己。

你說不要再想了，
因為你知道只要一去想，就會沒完沒了 ╱

你跟我說，最近你開始學會，
不再去想他這一個人。

他傳給你的短訊，
你開始學會冷淡回應。
他對你的已讀不回，
你開始懂得用冷笑帶過。
他那種彷彿依然友好的親切，
那些有心無意的走近或遙望，
你開始不去細想解讀太多，
你開始懂得用一種猶如陌生人的態度，
不去反應，不去回望，不再期待，不說一句。
你知道的，再去在乎，
他最後也是不會認真在乎；
讓自己更委屈，也只會換來他覺得你不成熟，
再思索他為何可以輕鬆自在、
為何他的態度忽冷忽熱、似近還遠、
為何他可以決絕地把你捨棄、
如今卻又怪你對他冷酷無情、
為何你曾經為這一個人亂想了這麼多、

曾經試過因為他的一句說話而一再失眠、

曾經只求他的回望，結果讓你變得太過卑微、

曾經快要把你迫瘋、把生活都弄得一塌糊塗、

曾經逃得很遠但還是忘不了這一個陌生人、

然後如今這些曾經還是會偶爾讓你驚醒過來……

然後，最後，

他還是始終不會明白，你的難堪與疲累。

來到這天，他依然會用那種最自在的態度，

最平常的笑臉，來問你的近況，

來假裝與你可以延續，

那一種久違也陌生的友好……

你無從避開，你不想再想更多，

於是只好更努力去建造你的堡壘，

去告訴自己要堅強要淡然，

不要露出任何破綻，

不要讓他發現半點思念或不捨。

並不是為了想得到他的注意或關心，

因為你知道，他顧念的，

不會是你的思念，而是你為何始終不能放下，

為甚麼不能好好地放過彼此；

你始終無法讓他用你的心情，

去理解你度日如年的滋味，

也無法去明白，不去想一個人，

但其實你的身心呼吸一掀一動，

都與這一個陌生人仍然有關、割捨不了……
你腦袋不去想，不等於他已經與你無關，
不等於你哪天終於能夠忍住不去再想，
然後一想，又再一次沒完沒了，
再一次，讓疲累與思念將自己完全淹沒……

你跟我說，最近你開始學會，
不再去想他這一個人。
我問你，不去想的時候，
你通常會去做些甚麼。
你說，會一個人去跑步，
會一個人騎車到海邊，
一個人聽著歌，看著大海，
茫茫然到夜深，也不覺得疲倦，
你知道，就算倦了，
也只會睡不著吧……
你跟我說，最近你真的開始學會，
不會再去想得太多了。
我微笑一下，不敢說太多，
只望這個張開雙眼的夢，
不會太快清醒過來；
只望哪天你會記得，
想或不想、想得再深再痛，
你還是可以輕輕地，放過自己。

後來你發現，所謂不痛不癢，
其實只是不敢再去期待太多而已 /

聽說他最近失意了，你不是不會在意，
但你不會再奢想他會找你傾訴。
他臉書上的近況，你還是會繼續留神，
只是你相信他並不是特別想要與你分享。
他的生日，他的手機號碼，
你還會記得，但你會時常提醒自己，
這一切都已經與你無關。
偶爾他還是會給你一個讚好或問候，
但你知道這當中並不存在特別的意義，
如果再糾纏，也只會延續之前的已讀不回。
你和他，如今其實就只是一對陌生的朋友，
及不上從前的親密，
也欠缺了再走近的可能，
某程度上，是比陌生人更加遙遠的存在；
不是仍然親近的好朋友，不是從未認識的陌生人，
猶如一件舊玩具，
再沒有初次碰見的新鮮感，
卻留有太多令彼此沉默的回憶……

你告訴自己，

對方是很重要的人嗎

不要再對這個人抱有太多期待，
不要再奢想還有任何可能，
徒增自己的失望與苦惱，
還有對他做成任何不應該的困擾。
長痛不如短痛，
只要自己能夠忍耐下去，
終有天就會對他的事情不再縈懷，
就算他與誰更加親近，
就算他原來從未對你認真你也不會再在乎，
不會有更多讓自己難耐的感覺……
不會再像那夜，還會因為聽到他的消息，
才發現自己臉上的樂觀自信，
原來只是一種因為他而塗上的保護色；
不會再像這天，還會因為聽見某一首歌，
才明白自己原來對這一個人有過太多在乎，
你的不痛不癢，原來只是你的自以為是，
原來就只不過是，自己不敢再去對這一個人，
想得太多。

或許，我只是不想錯過一個，我應該要好好珍惜的人

與其說你始終不捨得放手，
不如說你不甘心，從來都沒有得到過 ╱

有時始終放不下，
也許只是我們把回憶中的人，
想得太過美好。

若不想得美好一點，又怎可以回憶更多，
又怎可以為了那個不會再見的誰，繼續思念下去。

你不是不知道，
放開手，不等於他就不再重要，
他依然會是你最珍惜喜歡的人；
不放手，有時只是不想叫自己承受，
經過了這些日月、付出過那些努力，
最後仍是得不到想要的答案、
還有對方的喜歡而已。

然後，有多少次，
你說自己仍未可放下那個人，
但你還是從那些思念回憶中熬過來了。
與其說，你是不可能放下這個人，
不如說，你其實還未捨得去跟這一段回憶，

說一聲再見……
其實，你不是放不下他，
你只是有點懷念，
曾經為了那誰而太過認真的那一個自己。

有些人用盡了力氣也無法留住，
有些人再怎麼遠離也無法淡忘 ╱

還記得嗎，
以前在你身旁的那些日子。

其實本來沒有想過，可以與你一起擁有，
那些微小的、卻無比珍貴的時光。
我們一起笑，一起嚐過各種味道，
我們一同成長，一同結伴同遊，
許過一個又一個的約定，
計劃了遙遠的未來；
那時候，我們都相信會一起走到最後，
那時候，我們都在對方的眼睛裡，
找到一份無比的確定與安全感，
這世上竟有這麼一個人，是如此懂得自己⋯⋯
在你的面前，我無需再逞強，
在我的面前，你無需再躲藏，
好的、壞的，我們都會小心把握住，
都會用笑臉與溫柔，來好好愛惜彼此。
每次見到你，都忍不住笑了，
每次想念你，都忍不住期待了，
期待，可以與你再飛天遁地，

可以與你再看更多的夕陽，
可以與你平靜地過日子，
可以與你在一起，就已經足夠了。

但是從甚麼時候開始，
兩個人的步伐會忽然錯開，
你在身旁，感覺卻變得越來越遙遠；
我在微笑，卻消滅不了你的嘆息與皺眉。
彷彿越用力，越無能為力，
彷彿，做甚麼也是不對，
不做甚麼，也是無法找到明天的快樂。
你還記得嗎，有一段日子，
我其實有點害怕見到你，
怕自己會說錯一些甚麼，惹你生氣；
怕你用無盡的沉默來逃避回答，
然後，我們終於難得地沒有爭吵，
然後，我在玻璃窗的倒映裡，
看見了你臉上的無奈，
看見了，自己的卑微……
但我還是把握住，每一次可以見你的機會。
縱然其實，很多時候，
我都會覺得，自己彷彿是在上演一場獨腳戲，
明明還在一起，但就只有我在努力地向你討好獻媚，
想讓你歡喜，卻未必會得到你的笑臉，

卻未必可以讓自己有多一點安心……
但我也知道，
我們將來可以再見面的機會，
其實已經所剩無幾，
見一次，就少一次了……

即使我已經用盡所有力氣，
嘗試去找回曾經屬於我們的步伐與默契，
嘗試用最大的溫柔，去令你重新記起，
那一對曾經最懂得對方的我們，
那一抹你曾經最珍惜的笑臉、那一點心跳。
即使其實我也知道，
在你的嘆息與皺眉背後，
你是已經盡了最大的力氣，
去延續去補救去改變去麻木。
只是最後，當我們睜開了雙眼，
還是會看見，彼此之間如今的差距，
對方雙眼裡的陌生與疲累……
縱然，真的，
我們都堅持到最後，已經出盡了全力，
只是最後，我們都無能為力，
都知道，彼此的心裡，
就只剩下這一個無奈的答案。

但你們只是朋友吧？

之後，你離開了，

之後，我曾經恨過你一陣子。

但我沒有讓你知道，

就只是重新戴起那張逞強的面具，

不勉強去回覆你的短訊，

不拒絕與你做回一對不會問候、

也不會再見的朋友。

偶爾，你會讚好我在旅遊時拍下的照片，

偶爾，我會看見你有瀏覽我的動態更新，

偶爾，你會不讓我看見你們的親密合照，

偶爾，我會胡思亂想你們有多幸福快樂，

是否比我們從前快樂，

是否，我以後就只會是你的一個陌生過客，

不會再見，不會問候，不會思念，不會記起……

只是如今，

有一個人，還是會記起，

那些年所有過的快樂與幸運，

那一夜，我們用沉默來代替說再見。

有些人用盡了力氣也無法留住，

有些人再怎麼遠離也無法淡忘。

我知道應該要放下，應該要看淡，

但我不知道，自己可不可能做得到。

是好朋友

我唯一可以做的，就是不要讓你知道，
我未可放下，未可淡忘；
做回曾經我最熟練的那一個我，
那一個無所畏懼、刀槍不入的我，
那一個，曾經輕易被你撕開了面具的……

我。

累到盡頭，不等於會懂得放棄，
有些心淡，也是可以永無止境 ／

偶爾，你明明已經很累了，
但你還是會努力地欺騙自己，
他曾經對你也很認真，也會在乎和珍惜你。

你會告訴自己，
他其實也跟你一樣，
付出了很多真心與努力，
去靠近你、了解你、關心你。
只是你們本來有著各自的不同與時差，
就好像，無論你有多努力也好，
但對於他，如今還是有著不能理解的部份，
偶爾會令你灰心、惶惑、卻步不前，
偶爾你會想，不如就這樣放棄算了……
他，大概也是跟你有著同樣的情況吧？
他不是不喜歡你，
只是他也跟你一樣，
尚未找到一條可以一起走下去的路，
未找到一個可以向對方真誠交心的機會，
就只是欠了一點點的勇氣，
就只是欠了運氣與緣份……

直到哪天，你終於累到力竭筋疲，
你不想再委屈堅持下去了，
才想起，原來自己一直都是在自欺欺人，
才接受，你們始終不會成為真正的一對，
始終就只會是一個陌生的過客。
就算你有多重視他，
有多想理解他的一切，
但也是他這一個不願交心的人，
讓你徹底明白到，如果一個人認真用心待你，
你又何需為他的若即若離，
而去想太多理由或藉口；
又何需為他的冷漠絕情，
時常獨自嘆氣苦笑，或在人前裝瘋扮傻……

然後，到最後，
就算你累了，就算你真的心淡，
但是他不會知道、也不願去明瞭。
你想放棄，想再重新開始，
只是也無法再對任何人說明，
你的疲累與心淡，又是否真的會有一個終點。

你已經累積太多失望，
但還是要繼續努力成為別人眼中的堅強 ╱

「既然很累，為甚麼還要勉強自己堅強下去？」

「因為如果我顯得軟弱，身邊也找不到人可以傾訴，還是只會找不到可以理解自己的人……然後，有些不明白或不想理解的人，會跟你說應該要積極樂觀一點，不要想得太多、不應該一直陷於負面的情緒、不應該執著於一些彷彿不會有答案的是非對錯，但這樣的道理反而會讓你變得更累……若是如此，那倒不如從一開始不要對人示弱，假裝從來沒有為了甚麼事情看不開，也沒有為誰的不理解不認同而受傷，那樣反而比較清靜輕鬆，雖然有時還是會感到很孤單無助，但……總會習慣的，是嗎？」

「我想，其實你還有一個理由吧。」

「理由？」

「如果有些事情真的讓你太痛苦，你大可以選擇逃避或逃走，不需勉強自己繼續堅強下去，你應該可以過得更輕鬆。但你仍然選擇留下來，就算感到孤單或失意，卻仍然留到這一個夜晚，始終都不想放棄……你不是軟弱，你只是比別人更勇敢，其實，你仍然深愛著這一些人、這一個地方，是嗎？」

是嗎？

並不是用更多時間，
就能夠放下一個人 /

你說，
為甚麼過了那麼久，
始終都放不下。

但其實，放下這回事，
不是看時間過了多少。
也不是每天努力去練習，
就自然會變得熟能生巧，
就可以會成功做到⋯⋯
會思念、會念舊，
是因為那個思念的按鈕，被誰啟動了，
然後要再等哪一天，
遇上另一個人，幫你關上那個按鈕；
到時候，你可能才會捨得去放下，
而在此之前，自己還是會因為他的一句說話，
他的一次有心或無意的靠近、或忽略，
而想得太多，想到自己又再迷失了本來的目標⋯⋯
是這樣吧，大家都是這樣子走過來的，
是嗎？

她也當你是好朋友嗎

但你說，
你依然放不下，也不明白，
為甚麼他可以這麼快就放下，
投入新的生活。
其實……
你並不是不明白，
或許你只是不想這麼快就承認，
原來他沒有你想像般的認真，
原來就只有你還是未可放下，
原來，這些你最懷念的曾經，
如今就只剩下你一個人依然在乎而已。

受過傷，人會開始怕痛，
但是不等於就能夠學會從此放棄 /

一次又一次，
明明已經遍體鱗傷，
明明早知道是徒勞無功，
但你還是學不會就此放棄，
還是奮不顧身，默默堅守盼望，
然後反而讓自己置身於沉重的無力感裡，
然後，一點一點為自己療傷，
期盼可以撐過那些晦暗，
勇敢去爭取再多一次⋯⋯

漸漸，越來越少人跟你說加油，
漸漸，你也開始會反問自己，
是不是真的應該要從此放棄。
但最後你還是無法就這樣轉身離開。
是不甘心、是執迷不悟、是不服輸、
還是那一個目標真的太重要⋯⋯
你不清楚；
但你知道其實已經沒有退路，
但你還是想要再認真多一次。

我知道你真的很累，
因為來到這天，你甚麼都沒有忘記 /

我知道的。

那些悲傷的、難過的日子，
有過多少委屈、無奈與疲累，
曾經的苦苦堅持，傷痕累累，死心不息……
曾經你以為，當來到了這一天，
自己應該可以輕輕放下，
應該早已經遺忘；
但原來不是的，
原來，就算過去了多少日子，
失眠了多少個夜晚，
就算認識了幾多別人、
累積幾多新的回憶，
有些事情，你還是不會有半點遺忘，
有些人，你還是會記得太清楚……

然後，為了不讓別人發現，
你的卑微與痛苦，
你一直努力假裝自己已經輕易淡忘，
不會再提半句，不會有一點可惜，

曾經，我是她的好朋友

彷彿從來沒有為了甚麼而認真過⋯⋯

但有多少疲累，有多少刺痛，
仍然在每天每夜提醒著，
你甚麼都沒有忘記，
你不可以忘記，你不想去忘記。
有人會說這是一種執迷不悟，
但你依然相信，只要自己沒有忘記，
這個故事就不會有一個真正的終結⋯⋯

縱使如今就只有你未有遺忘，
縱使以後再沒有人還會在乎。

也許，別再打擾，
才是我所能給予你的最大幸福 /

為了他，你可以做很多很多事情。

你可以去做他最好的朋友，
你可以去做一個偶爾才會見面的朋友，
你可以耐心去細聽他的煩惱，
你可以不去在意他從不關心你的煩惱……
你可以花盡心思只求讓他快樂，
你可以在很忙的時候抽出時間去陪他，
你可以裝作剛巧很忙、不介意他的突然失約，
你可以純熟地笑說一句沒關係，
你可以忘記自己本來是有多疲倦，
你可以忘記其實你內心有多少無奈，
你可以笑著聽他說、他喜歡的是另一個人，
你可以笑著告訴他、你沒有喜歡的對象，
你可以勉強自己在最失意的時候，去陪他談天論愛，
你可以讓自己一再振作、一再沉迷、一再循環，
你可以為他做了很多事情卻不要讓他知悉分毫，
你可以不去計算自己付出了幾多，
你可以不去介懷沒有人在乎過你的感受，
你可以不去想，那一個人有沒有想你，

你可以不去問，其實他是否知道你的感情，
你可以告訴自己，現在這樣其實也已經足夠，
你可以安慰自己，只願能夠一直與他友誼永固，
你可以忘記初衷，其實你有多想得到他的喜歡……

然後，到哪天，
你或許又會重新記起初衷，
其實你只想單純地喜歡這一個人，
希望他幸福安好，希望他快樂自在，
其實就只是這樣簡單。

為了他，你可以做很多很多事情，
去討他的歡喜，去為他解去更多煩憂；
但為了他，你也可以下定決心，
讓自己甚麼都不要去做，
寧願將這點心意都留在心底裡，
只願他會一直快樂、幸福，
只願自己的情感，不會為他帶來任何打擾……

這是你的心願，
也是你所能給予他的最大幸福，
就是如此簡單，也是如此卑微而已。

但現在她已經不再和你友好

有些傻瓜是，明明已經很累了，
但是依然不會吝惜自己的溫柔 ╱

「加油啊，我一定會支持你的。」

「……你不是也已經累得力竭筋疲嗎？」

「嗯，但我依然想為你打氣。」

「為甚麼？」

「因為我相信，我們一定會好起來的，而且在我最難過的時
候，你也有為我打氣，這次就輪到我，去為你打氣了。」

「……」

「所以，就算要上天下海，就算是風雨飄搖，無論如何，我
都一定會支持你的，陪著你繼續走下去。」

「傻瓜。」

唉

念記

總有一個人，你無法給他幸福，
但還是只願他永遠快樂幸福。

即使，他的幸福其實已與你無關，
你再思念或不捨，他也是不可能知道，
你也不會打算去告訴他知道……

即使，他已經找到屬於他的未來，
你在離開他以後，一直都過得不快樂，
你的幸福也是已經與他無關……

你有遇過這樣的一個人嗎？

總有天，我們會用一首歌，
來代替短訊問候，來思念一個人／

與其，再傳更多短訊，
也只是會客套地問好一下，
或是繼續延續，
已讀不回與不讀不回的一再循環，
而最後還是不可以知道，
他的一點近況，他此刻的表情，
還是不會拉近，彼此之間的距離……

那倒不如，
不要問候，不要多想，
就默默地選一首歌，
一首關於他、但他未必會知道的歌；
一首，每一次聽見，
你都會變得安靜下來的歌，
來好好思念，這一個不會再見的人，
來重溫這一個，曾經最熟悉的誰……

然後，
我們會在旋律與歌詞當中，
重新想起某些從前，

某些應該忘記了、以為放下了、
彷彿釋懷了、其實埋藏了的從前……

有些人，就算窮盡一生力氣，
還是不會再見，
還是未可再拉近一點距離。
但如今，但來到這夜，
在回憶裡，你重新看著這一個他，
這一個依然重要的誰，
原來他從來沒有離開過你，
原來他一直伴你一起成長、
一起經歷了更多他不知道的悲與喜，
一起學會及接受，有些事情真的不可重來……

有些人有些思念，就只能夠變成回憶，
就只能夠靜靜地守候某一天，
當我們再一次播起這首歌，
在回憶與放手之間，
在那些已經逝去的年月，
在已經離得很遠的他面前，
在曾經認真凝望的雙眼之中，
再一次與我們自己重逢，
再一次向對方好好地，說一聲再見……

你們是怎樣認識的？

總有天，我們不會再見，
我會漸漸將你忘掉吧，
我會在某天的突然思念中，
我會在那一段你不知道的歌詞裡，
再一次找到你，再一次找回我們自己……

然後只願，這天你會過得安好，
只願你能夠好好守護你最在意的人，
只願有天，當你聽見這一首歌，
你不會想起誰，不會思念誰……

這就是我們之間，最圓滿的再見。

她是我以前的舊同學，最近我們偶然重遇對方

如果明知道不會有結果，
是否還要繼續喜歡下去 /

總有一些人，無論別人怎麼說，
你還是會繼續喜歡下去。

就算，他再怎麼不理會你，
就算，他也有其他喜歡的人，
就算，他已經和別人在一起了，
就算，你們如今也不可能再見面⋯⋯

然後有天你會發現，
喜歡一個人，原來可以還有很多種方式。
不一定要擁抱，不一定要靠近，
不一定要得到他的喜歡，
不一定要讓對方知道⋯⋯

你的喜歡，
就只需要對你自己負責。
即使偶爾，你會因為這一份太深的喜歡，
而想得太多、甚至想到失眠，
偶爾還是會好想去得到，
那一份其實並不屬於自己的溫柔；

但如果繼續勉強靠近，
反而會讓你換來更多的不快樂，
最後會讓彼此不歡而散，
那倒不如，將這點溫柔與寂寞繼續藏在心裡，
不強求得到他的明白，不奢想有天可以再見，
讓這份情感，昇華成一份不求回報的思念，
至少明年今日，還可以快樂地笑著喜歡下去，
至少將來再遇，還可以自在地笑著說再見……

即使到最後，他始終都不會發現，
原來你對他，曾經有過這一份太深的喜歡。

之後我們每天都會傳訊息聊天

有些人再重要，
但最後也只會是生命裡的一個過客 ／

有些人，
到最後你可能也會分不清楚，
他其實算是你的誰。

即使你們談過無數心事，
即使你們是這麼了解對方、充滿默契……
在你心裡，他是你最重要的那一個人，
像家人，也像情侶，
他待你總是這麼溫柔，
也讓你有被重視的感覺；
然而他的身邊，早有一個更重要的人……
你知道的，為了那一個人，
他可以付出更多、可以更加溫柔體貼；
雖然他不會將你遺忘，
如果你願意，你們也會一直親近下去，
但你心裡其實清楚明白，
你們甚麼都不是，
又或者，至少不會是你所期望的那一種關係，
不論是朋友，還是情人……

你們可能會繼續交往，
但是始終不會成為彼此的人生伴侶。
你可以倚賴他、信任他，
但是總有一天，他會離開你的身邊，
不可以跟你一起走到白頭……
你其實很清楚，也很明白，
有時就算再合襯，有些人還是不能擁有，
只是你還未想去接受或承認，
他又怎會跟你一樣，
視對方為自己生命裡最重要的人。
縱然他會待你再好，
也只會讓你體會到更多的刺痛，
再陪伴你走下去，也只會讓你更離不開，
這一份不屬於自己的溫柔。
而你真的想這樣下去嗎，
真的想有一天，他終於要轉身離開，
但你還是不敢向他表明，
這些年月裡你心裡的想法與感覺，
就讓這一份重視與情感，悄然告終。

假期時也會約對方，一起看電影、去咖啡店

也許放不下的，不是那個忘不了的人，
而是曾經義無反顧、付出所有的自己／

「如果有天你在街上再遇見他，你會跟他說些甚麼？」

「……也許甚麼都不會說，就只是默默地走過吧。」

「但你不是依然掛念他嗎？」

「是的，我是掛念他，但我沒有想過要回到他的身邊。」

「我不明白。」

「他已經不是我最初認識的那一個他，而我也已經不是從前的我了。我會懷念以前，也會為後來的我們變得不聞不問而感到可惜，只是我知道一切都不可能從頭再來……與其說我對他念念不忘，不如說，我更想念那時候可以義無反顧的那一個自己。」

我們不會再靠近，
但我還是努力學著如何遠離你 ╱

明明，以後都不會再靠近，
但偶爾，還是會為這一個人，
留下太多執迷。

每次聽見那首歌，都會想起他的聲音。
每次經過那街角，還是會想起他的臉容。

然後，又會不想再記起，
那些沒有傳送出去的問候，
在那年那夜，自己是如何守候著，
他送給自己的已讀不回。

然後，然後，
叫自己不要再想下去，
然後，最後，
還是會不捨得刪除他的短訊。

明明，都已經不再靠近，
明明，再刪除或不刪除，
他也是不會有半點在意，

這是我第一次遇到一個，個性與我如此相配的人

你的世界還是繼續運轉。

但偶爾，還是會停下腳步，
忍不住回頭去搜尋，
那一個並不存在的身影。
彷彿忘記了，他已經變得不一樣，
也忘記了，自己應該要邁步向前。

總有些人，以後不會再靠近。
但即使如此，他還是會教懂你一些事情。

有天，你終於會學懂，
甚麼叫做不痛不癢，
甚麼叫做不可強求。
有些人，可以想念，
但不可以再見。
有些人，就算再見，
但不可以再留戀。
原來，在最在乎的人面前，
自己還是可以表現得毫不在乎。
原來，那些曾經最想讓他知道的心事，
到最後，自己還是可以不問一句。
曾經你以為，你是不會放棄，
但後來，你終於學懂甚麼叫放手。

曾經你以為，沒有他，
你的世界以後都不會再完美，
但如今，你還是學會了，
如何在這世界末日裡自在地笑……

有天，人終於會學懂，
所謂成全，所謂犧牲，
並不是祈求他可以得到幸福，
而是在自己最應該去開口的時候，
可以選擇用微笑來帶過；
在自己還可以轉身去追的一瞬間，
可以寧願堅持單純地繼續喜歡、
搜尋那一個身影……
然後告訴自己，沒有我，
他還是會得到屬於他的幸福；
沒有他，自己還是會遇到懂得你的誰。

有天，我們或許會終於學懂，
這些本來不可能明白的事情。
而他是不可能會知道這些曾經，
你也不會讓他有任何察覺。

原來在那些年月裡，
你們不會再靠近，
而你還是努力學著，如何遠離這一個誰。

只要和她在一起，本來平淡無奇的小事，都會變得份外有趣

有些界線，一旦越過了，
就是以後的不會再見 /

有時最無奈的，
不是喜歡的人並不喜歡自己，
而是當對方知道你的喜歡之後，
從此就要與你斷絕來往。

就算本來有多友好，
就算本來你們已經無所不談，
但是如今對方甚麼也不想再說，
不想再提，也不想再見面。
彷彿有過的親近好感，
都只不過是你單方面的想得太多；
彷彿，你的喜歡你的表白你的好意，
都是不應該存在的別有用心。
彷彿……
你用一段友誼來作賭注，
期望會換到他的喜歡，
然而你輸了，得不到他的喜歡，
也從此輸掉了這份情誼；
而你其實只不過是希望知道，
對方會不會也喜歡自己，

還是原來自己想得太多、
就只是希望和你做一對不變的好友……

但也許，一切就只是你想得太多。
有些界線，一旦越過了，
就是以後的不會再見。
有些喜歡，當說出口了，
就會變得無比地卑微。
喜歡一個人，本來並不是罪，
你只是剛好喜歡了一個，
只想與你做一對朋友的人，容不下半點雜質，
也不許你為了對他的喜歡，而有半點任性……

有些人可以做朋友，但是不可以做情人。
因為不論做不做得成，都不可能再變回朋友。
有些人，可以默默地喜歡，
但是永遠都不能讓對方知道，
就只有他不能夠知道。

就是會忍不住，想要微笑，想讓她也跟我一樣快樂

所謂放下，並非要完全忘記，
而是就算記起，你也不會再有遺憾 ∕

來到這天，
你還會放不下某一個誰嗎，
還會不會為了那些應該早已變成過去的事，
而耿耿於懷？

或許，你已經試過很多方法，
但是你依然無法放下那一個人。
即使，你們已經很久沒有見面了，
他都不會再回覆你的短訊……
即使，如今你對他的感覺已經不如往昔，
經過了多少春秋、多少深夜凌晨，
你終於不再執迷於這一個人，
你相信自己已經不再留戀。
但是每次聽到他的近況，
每次在路上遇到與他相似的身影，
你的心還是會忍不住躍動，
還是會不自禁地屏息靜氣……

明明已經過了這麼久了，
明明，他的一切都已經與你無關了，

他應該不會再有半點在乎，
而你卻會為了這一個人，依然念念不忘。

是為了甚麼，是自討苦吃？
可你為了不讓任何人察覺到你的思念，
而一直努力裝作如常、裝作淡然；
是無可奈何，是因為知道已經不可能回到過去，
還是你聽說過，
真正的放下，並非要將那些人與事完全遺忘，
而是哪天你就算再刻意記起，
你也不會再有半點遺憾，
不會再默然出神，不會再想得太遠，
不會再為了那一次的錯過，而依然會責怪自己……
於是你努力叫自己學會淡然，
騙自己說這樣就可以放下，
騙自己說，你不會再對這個人有半點著迷。

但到最後，到有天，
你或許會發現，
有些人與事，你是始終不可能放下或遺忘。
即使你已經有其他更在乎的人，
即使你已經得到了你終於想要的幸福，
但那一個人，那些曾經，
你還是會藏在心坎的角落裡，

我幾乎都快要忘記了，甚麼才是真正的快樂

偶爾念念不忘，偶爾微笑嘆息……
並不是因為你真的想回到過去，
而是在那些年月裡，
你是真的為了那一個人有過太多認真與在乎。
即使如今你已經自由了，
但那點回憶與心跳節奏，
仍是會繼續伴隨你到老白頭……

然後你會終於明白，
為甚麼你仍然有他的聯絡方法，
但是你不會再主動找他；
為甚麼他偶爾會向你問好、送上祝福，
但是你不會再像從前般，
與他短訊聊天到凌晨也不去睡……
是因為彼此已經再沒有靠近的理由，
放下或放不下也好，
也是不再需要他的允許與在乎。

事情總會慢慢變好，
只是有些人，也會慢慢變成過去 /

期許過多少未來，
再不捨，再懷念，再苦笑，
最後我們還是會漸漸走遠，
向著我們本來的目標，一去不回，
甚至以後未必有機會可以再見……

但是縱然如此，我們都會相信，
這就是一個最好的結局。

只要知道，彼此在同一個天空下，
可以活得比以前更加快樂，
就已經足夠了……
這天的你，可以活得比過去的我們更好，
那又何必再煩惱更多。

又何必為了以後的不會再見，
想得更多，然後又會再想見更多。

我原本以為，她也會跟我有一樣的感覺

有時候，越是深愛一個人，
越是會感到自己的無能為力 ∕

你知道的，
找到一個可以認真去愛的人，真的很難。

然後，當你好不容易找到了，
當幸運地，對方也願意為你停留，
你就會發現，如何好好去愛這一個人，
原來更不容易。

所謂愛，
並不是一句單純的口號，
並不是你說愛，
對方就能夠感受到一樣的愛。
對不同的對象，
愛也有著不同的表現方式與節奏，
你需要認真地去注視對方、了解對方的一切，
也需要投入時間心血與耐心，
去伴對方成長、經歷更多事情，
才會知道，自己應該如何去對一個人好，
還有自己的感情與付出，
其實算不算是真的愛著這一個人。

你或許會許願，

希望他可以快樂幸福，

從此以後，可以一世無憂。

這是一個很簡單渺小的願望，

只是這個世界，從來都不簡單。

他疲累的時候，

你好想給予他一個有力的依靠，

失意時，你好想陪伴他靜靜走出困境；

在最難過的夜深，你好想為他撫平內心的傷痛，

當你絕望到想放棄自己的理想，

你會好想和他尋找一個明確的方向、

尋回重新開始的勇氣。

但是，當你試過深愛一個人，

當你試過認真地付出所有，

你知道自己已經盡了全力，

可還是無法避免一些傷害與遺憾；

原來並不是全心全意地去愛一個人，

就能夠解決一些本來已經存在的問題、

就能夠對抗這個世界的殘酷與荒謬……

原來，如果自己以前更努力一點，

在遇上這個最愛的人之前，

可以更加提升自己、為未來做更多更好的準備，

直到有天，她以前的男朋友突然找她……

自己如今就可以擁有更大的能力，
守護身邊的人、讓彼此得到幸福。

越是深愛，越是感到自己的不足夠，
甚至有時反而會覺得無能為力，
自己是不是真的可以勇敢去愛。

但縱然如此，
你不會後悔自己愛上這一個人。
只因為，可以全心全意地愛一個人，
可以愛得義無反顧、付出所有，
你知道這些機會，可一不可再，
你知道，以後未必可以再遇上同一樣的人，
也未必可以再找回這一個勇敢去愛的自己。

因此，就算如今的情況再艱難，
你都不會放棄，繼續努力提升自己，
為了彼此而堅持下去。

只願最後，
自己沒有錯過這一個最愛的人。
只願對方也會跟自己有著一樣的想法，
對方願意珍惜這一個不完美的自己，
就好。

誰也會走，就只有回憶，
會陪我們留到最後 /

開心的，不開心的，
就算想忘，最後都不會忘記。

明明，不應該再記起，
明明，都不會再見到那一個人，
但還是會數算著，
已經有多少天沒有聯絡，
還是會念掛，那一個尚未完成的承諾。
即使，他都不在乎了，
他也不會知道，你曾經有過多少期望，
曾經以為，以後會一起走下去，
以為，彼此都是對方最重要的人⋯⋯

以為，
自己有天會放下、會釋懷，
總有天，到最後，
可以讓自己好好安睡，
可以讓一直累積的疲累，
都看成是過眼雲煙，
都可以一笑置之⋯⋯

我一直都想知道，自己是不是做錯或說錯了甚麼

但可惜，來到這天，
還是甚麼都沒有忘記，
就只是假裝看淡了一些事情，
假裝已經可以，放下了誰；
然後還是睡不著，還是會想，
若然那天用盡全力，去留住那一個人，
如今還是不是會得到這結果……

只是這一個問號，
以後也是不會得到任何答案，
就只會陪你到老白頭，
就只會變成，生命線裡不會磨滅的一道痕跡，
然後在不遠的將來，
偶爾提醒你曾經對一個人太過認真，
然後，到哪天，
你終於可以對這一切都一笑置之，
你想起自己曾經對那一個人太過在乎……
到那天，到時候，
你相信自己不會再有半點牽動，
更不會再為了他而想到失眠……

只是在那天的來臨之前，
你還是會患上一種叫做念舊的病，
在以後的無眠夜深，讓思念變得更加悠長。

還記得嗎，我們曾經以為，
不會輕易放開對方的手 /

有時，最無奈的，
是走到最後才發現，
原來有些事情，
從一開始就已經想錯了。

例如，我們最初只是想，
好好地喜歡一個人，
但後來我們會知道，原來一段關係，
不是單靠喜歡就可以維繫下去。

又例如，有時一個人想要的，
未必等於他真正需要。
他想你成熟一點、堅強一點，
也許他只是不想你太依賴他；
他想你努力一點去改好，
但不等於他想與你一起去改好，
不等於你改好後，
他會重新接受你，喜歡你。
他找你，未必是想聽你的聲音，
也許只是因為有事要請你幫忙，

也許只是因為想知道，你為甚麼沒有找他；
他不理你，未必是因為他討厭你，
而是他真的在忙，
忙得完全將你這個人忘掉，
不會也不想再重新記起來……

只是，往往，
我們未必會明白彼此的真正想法與心意。
你以為你需要我，
但原來只是因為碰巧我在你的身旁；
我以為只要我改好，
你就會重新接受我，
但原來從一開始，我們就已經並不相襯。
我們只是因為看不清楚，
才可以走近對方；
到有天，我們漸漸看清楚了，
我們還以為有方法可以補救、去改好，
一起勉強自己去迎合、討好對方。
直到後來，你厭倦了，
直到最後，我也終於累了，
我們才願意承認，
其實早已經沒有了感覺，
其實，我並不適合你，
你並不是真的在乎我。

即使，那一天，
我們曾經會因為對方的一句說話，
而付出所有力氣、
勉強去承受所有責任與傷害；
即使，那一年，
我們會因為對方的一直沉默，
而想得太多、想到了失眠，
以為是自己做得不足夠，
以為是做錯了甚麼讓對方生氣，
以為對方是在等自己去改好，
以為其實是不是早就已經放棄了⋯⋯
然後，在最灰心的時候，
又努力為自己打氣、
叫自己重新振作、不要放棄；
然後，經過多少次藕斷絲連，
經過多少次失望無奈，
再經過更多的假裝堅強與灑脫之後，
我們終於變得無話可說⋯⋯

然後，來到不知第幾千百天，
在我想了一遍又一遍，
在我開始習慣，沒有你的生活之後，
我終於想起，
其實在最初的時候，

我只是想好好地喜歡你、
珍惜你、守護你，
直到最後一分一秒，
直到有天我們終於要說再見……

但如今，都不可能回到最初，
都不會再說再見。
不敢去打擾，就只敢獨自去想，
希望你可以身體健康，
希望你比從前更加快樂，
希望，下次可以再見到你的時候，
能夠跟你微笑一下、點一點頭，
你願意對我說一聲，很久不見……

就已經足夠。

你不是做錯甚麼，你只是入戲太深

或許你已經下定決心轉身離開，
但你又是否下定決心別要再見 /

「曾經我以為，喜歡一個其實並不喜歡自己的人，還喜歡得無法自拔，是最傻的一回事。但原來不然。」
「為甚麼這樣說呢？」

「當你終於下定決心，要從此離開這個不喜歡你的人，不想自己再受到對方影響甚至折騰，不想再讓自己繼續仰望下去，然後讓自己變得更卑微。你跟自己說，以後都不會回頭，你甚至還向對方表示，以後不要再找你、不要再見，以求挽回自己最後的一點尊嚴……然後，你成功了，你真的離開了他，他也繼續過他的生活，沒有再來找你。可是之後，你開始後悔，原來你不是真的想離開他，原來他的一切對你來說，仍是如此重要、仍會在乎。但是你已經不可以再去找他，就只能默默看著他的臉書、他的在線時間，去關注去猜想去後悔去生氣，生氣自己為甚麼就這樣離開，生氣他為甚麼可以比你更灑脫、真的可以不再來找你。然後每次做夢，你都會夢見他，每次轉到那個街角，你都會奢想是否能再遇見……但你明知一切已經不可能，話已經說盡，再思念再不捨，也是對自己的一種懲罰……原來自己下定決心離開，並不等於也下定決心，以後都不會再見。你說，這樣是不是很傻？」

「這樣不傻，或者應該說，大家也曾經這樣傻過吧。」

原來是這樣

有些守候，
是讓自己學會說再見的一個過程 /

你知道，再繼續等下去，
其實只是給自己一個藉口，不要就這樣放棄。

即使你放不放棄，
他的身邊也會另有其他的對象，
即使你再努力堅持，
他的心裡也不會有太多你的位置……
有時我們去等一個人，
也許不是為了想等到那一個人，
在哪一天終於會回頭，好好地凝望自己一眼；
而是，不想再因為得不到他的回應，
胡思亂想太多、自尋煩惱更多，
不想再因為他與哪一個人更加親近，
比較太多、最後連自己的好也一併厭棄……
寧願不要靠近，
在遠處默默守候、回憶、思念、沉溺，
讓這份喜歡的心情，可以變回最初那般純粹，
讓自己在以後的日子，可以不會再為了這一個人，
做更多傻事，最後也得不到誰的在乎……

有時等一個人，
並不是為了想等到對方的回望，
而是想等到一個可以再重新起步的瞬間，
與一直以來單戀某一個人的自己告別，
然後不要再不捨或留戀，
勇敢地往人生的下一個目標繼續進發。
只是有些人等候的時間比較長，
一年、兩年、六年、十年，
是否值得、是否浪費，
沒有人可以簡單定義。
就只望在將來，
自己回望這段曾經的時候，
可以不留遺憾、輕輕微笑一下，
原來自己以前曾經這麼傻瓜、這麼認真過，
原來自己終於走過了這些日子，
是有多少難忘，也有多少難過；
原來，曾經這麼喜歡的一個人，
當有天終於放下了、不記得了，
是可以如此不著痕跡、不痛不癢；
原來……

最後一次思念這個人，還是會有點不捨，
還是未能好好的，說再見。

我曾經聽過一句說話

如果沒有一點喜歡，
這一份友誼又怎可以歷久常新 /

有些人，再喜歡，
也不一定要成為情人。

如果開口說出了這點喜歡，
就不可能再像知己般那麼親密；
如果一直留在對方身邊，
就不能夠再偶爾單純地自在思念。
如果變成確切的戀愛，
就不會再一起微笑著相信友誼永固；
如果踏前了這一步，
就不能夠再安守在這一個好友的位置……

再喜歡，有天還是會感覺變淡。
再掛念，有天還是會有更掛念的人。
再親密，有天還是會找到真正的人生伴侶。
再同步，有天還是會漸漸剩下已讀不回。
再相知，有天還是會比不上另一半的心靈默契。
再不捨，有天還是會慢慢將對方當成回憶。
再執著，有天還是會讓自己開不了心。
再難過，有天還是會想起自己沒有資格……

所以，若這點喜歡，
在越過那條朋友的界線之後，
最後就只會得到這種結果，
那倒不如，將這一點偶爾的心跳、
偶爾的窩心與刺痛，
留在心裡好好保存、紀念。
不要變成無疾而終的單戀，
不要變成自尋煩惱的錯愛，
不要變成讓你討厭的打擾，
不要變成沒有了期的堅持……
喜歡一個人，不一定要驚天動地，
不一定要得到一個肯定或結果，
不一定要讓對方知道，
不一定就要變成愛情的喜歡……

只要可以，
與對方快樂地繼續友好下去，
偶爾親近，偶爾疏遠，
偶爾互相思念，偶爾互不理睬，
偶爾和好如初，偶爾離得太遠……
即使很久不見面，但不曾忘記對方的臉容，
依然會是彼此最好的朋友。
有這麼一個人，可以一起這樣相守一輩子，
其實真的無憾、已經很足夠……

你說是嗎？

一廂情願並不是罪，但入戲太深才是真正的無可救藥

人來人往，最後又真可以留住了誰，
又可以去掛念誰 ／

已經不是第一次有這種感覺，
認識了很多人，
但只是掛著一個朋友的名銜，
偶爾會見面晚飯，但每次一個人回家，
仍是難掩內心的寂寞；
談過笑過很多，但仍是感覺沒有真正交心。

大家都會在網上互相讚好問好，
但其實沒有太深刻的關心。
在彼此最軟弱的時候，沒有人會主動慰問，
怕會唐突打擾，也怕自己示弱，
寧願去風花雪月，也不想被人以為傷春悲秋，
寧願玩世不恭，也不想被人覺得自己太執著認真……
就算連一些已經認識很久的朋友，
其實也不是太認真了解對方，
大家都只是在一個熟悉的表象上保持交好，
不要破壞和諧，也不要有機會讓自己受傷；
但偏偏有時對方又會成為自己最好的朋友，
但偏偏，有時又會覺得大家只是泛泛之交……

你都不會主動關心，
我也不會主動去問你的近況。
一年一次見面、一次祝福、
一聲聖誕快樂、一句有空再聚，
然後就沒有然後，
然後這些年就如此變成過去，
卻沒有累積更多深刻的回憶。
但就算，你是已經太清楚這一種感覺，
就算已經不是第一次，
又可以如何……

從前你相信，
自己將來一定可以遇到一個，
願意與自己交心、互相了解、一起成長的人，
不論他是甚麼身份，不論他在何時出現，
你都會耐心地等。
可是漸漸，你已經放棄了這一個理想，
不會再主動尋找，也不會再勉強別人，
不要再讓彼此變得更疲累。
人來人往，也許有一個可以掛念的誰，
就已經是一種幸福。
然而，可以掛念，
但不等於可以掛念得長久，
可以感到自在。

有些人只能活在回憶之中，
只是回憶裡的笑臉，
總是會漸漸變得模糊、破碎；
真正親近的人，
也是需要一起累積更多新的回憶，
去互相填補對方的失落、
圓滿彼此的人生……

但有多少人，
最後還是變成不會再見。
最後我們可能只會記得，
那年那月那日，他留給自己的一個讚好，
然後又再期待著，
演算法何時會讓我們再重新相遇，
何時才可以讓他看見，這一個不敢發出的訊息。

有些人應該要用力抱緊，
有些人卻適合默默思念 /

從前，我們喜歡一個人，
彷彿可以比較純粹地思念、守候。

為了對方的一個短訊，
可以想得太多、或輾轉反側；
為了對方有心或無意的偶爾溫柔，
又可以感到滿足、或奮不顧身。
一切的喜怒哀樂，彷彿都全憑對方來支配，
只要可以見到對方，就已經心滿意足；
只要對方冷落自己，就變得心灰意冷……
卻又不敢去打擾對方，甚至不敢讓對方知道，
每天在不安的心情中開始期待、失落，
偶爾難耐，偶爾快樂，偶爾堅持，偶爾退縮；
然後多少情愫，就在這樣的懵懵懂懂中流逝錯過。

是從甚麼時候開始，我們喜歡一個人，
不再只是希望對方也喜歡自己；
我們思念一個人，
不再只會期望對方也一樣單純地思念著，
而是希望有更多更實在的在意與著緊……

還在嗎？

是因為我們經歷過一些傷害、
一些無疾而終、還有一些得不到答案的執迷，
是因為我們終會知道，
一段關係，並不只是兩個人互相喜歡，
就可以走到白頭。
原來發展一段感情，
也需要及時讓對方知道自己的心意與想法，
需要一起思考、經歷、學習、成長，
也會經過犧牲、取捨、妥協，
才可成就一些本來不能捉緊的夢，
才可以更加靠近彼此的心，將對方抱得更緊；
而不會再讓彼此因為一時的感受與情緒、
一個意味不明的訊息、
或心虛或膽怯或自保或期望太多，
反而錯過了忘記了最重要的人與事⋯⋯

是甚麼時候開始，我們的愛情，
並不是單純地喜歡對方就好，
並不是只要自在地思念守候對方，就好⋯⋯
很慶幸，我們最後可以遇到，
願意伴我們一起成長、
會用全身力氣去抱緊彼此的這一個人，
讓我們不再是一塊浮木，
在思念與遺憾的路途上，始終茫然若失。

我們終於成長了，向著更好的未來昂首前進；
只是偶爾，
我們還是會回望，會突然想起，
那些年曾經單純直率的那一個自己，
還有如今始終最放不開的，那一個誰……

沒有那一個誰，
你的世界可能永遠都不會完整。
但也因為得不到，才可以成就如今的你，
讓你終於學懂、接受，
有些喜歡，需要用盡全力去抱緊眼前人，
有些喜歡，卻原來只需要默默的思念祝福，
就已經很足夠。
無論將來世事有多少變改，
唯獨這一點是永恆不變，
這是你跟他的最後一個約定，
縱使他已經未必會在乎，以後也不會再見……

但在你的心裡，卻會天長地久。

其實你知道，你最在乎的他，
早已將你當作一個陌生人 /

總是這樣，總是要到最後，
我們才會知道，原來在這段感情裡，
彼此有過多少喜歡，還有認真。

他喜歡你，原來這一句說話，
可以是真的，可以是假的，
也可以是，他喜歡你，
但也會喜歡其他的人。
他喜歡你，但他更喜歡別的人……
最初，他曾經表示很想跟你在一起，
但原來，他只是想跟快樂的你在一起，
他只是想在你的身上得到他想要的感覺。
也許他其實是想有一個人伴在他的身邊，
而你剛巧就在他的身邊出現而已，
他最想要在一起的人，並不是你；
你只是他的一個選擇，
甚至早已經被遺落在選擇之外，
而你卻沒法挽留，也無權再介入他的人生。

那時候你方知道，

原來自己在他的生命裡，
即使曾經再努力再投入再重視，
但始終未能留下多少痕跡，
不足以讓他回首，也無法讓他對你有半點憐憫。
來到這天，來到最後，
在他的心裡，你就只是一個陌生的過客，
但他依然是你最重視的誰……

或許，在我們的生命裡，
總會遇上幾個這樣的人，
來讓我們認識及學習，
有些人的認真，原來不是太過認真；
有些人的喜歡，原來並沒有太多刻骨銘心；
有些人的愛情，原來是想要有一個人陪伴；
有些人的成長，原來比較容易將舊事淡忘，
有些人，總是會比較難忘……
曾經你和這一個人，由陌生到認識，
變得親密、再變回疏遠甚至陌生，
留下多少回憶，也流過多少心痛，
但他還是走了，已經走得很遠；
而你依然每天忍不住去追蹤他的影子，
想再留住一些甚麼，
但偏偏只留下更多疲累與心痛。
可你也是知道，時間會帶走一切，

終有天，他也會變成你的陌生人，
就像這天他待你一樣那麼陌生。
並不是因為你對他不再喜歡，
而是你終於學懂、去無奈接受，
如何放棄這一個你始終不想放下的誰。
再認真，也是不可能去勉強得到一個回覆，
再不捨，他還是終究不會屬於你，
不會伴你一起走到人生的盡頭。
你們是一對陌生人，一對曾經最熟悉的陌生人。
他是真的已經走了，但來到這夜，
為何還是會好想再跟他說一聲……

好久不見，你好嗎？

嗯

不是因為終於放下了，
而是不想再被捨棄多一次 /

有些人，可以喜歡，
但是始終不可能在一起。

你不是不知道的，就算有多喜歡，
也不等於可以換到對方的心跳。
並不是再繼續相伴在左右，
就可以等到他的珍惜他的認真。
如果真的可以換得到，那麼這些年來，
你的陪伴、關心、支持與溫柔，
應該可以換到他多一點重視與在乎，
而不會無視你的感受、你的寂寞與難堪；
如果有天真的會等得到，那麼這些日子，
他就不會一再地對你忽冷忽熱、已讀不回，
不會一而再因為誰的出現，而把你冷落遺忘……

如果一份認真的喜歡，
最終可以換到對方的真心，
就算要讓你再等更多日子、等得更苦，
你都會心甘情願。
然而，就算他曾經待你再好，

他現在也只會對別人更加溫柔；
就算在那年那月那天，
你們曾經是最了解對方的人，
但如今，也只是一對陌生的朋友，
不會再見，不會問候，不會想念，不會祝福……
即使在那場沒有完結的回憶裡，
你已經對他說了多少遍再見，
將那些沒有發送的問候與想念，
化成不要再去打擾的祝福……

只要他快樂，就好。
只要有天能放開一點，就好。
最後放不放得下也好，
至少，自己不會被捨棄再多一次，
這一個誰，還是可以繼續在回憶裡，
相伴到老。

其實你仍然不捨得，
但你也越來越擅長假裝不去在乎 ╱

漸漸，每次他來找你，
你都不會這麼快接聽電話，
不會再立即回覆他的短訊；
他臉書上的照片，你不會再每個都讚好，
他的限時動態，你開始可以忍住不再點閱……

漸漸，你開始沒有那麼想要見到他，
漸漸，你開始沒那麼在意他為何沒有找你，
漸漸，你不會再想他最近過得如何、
他是不是也曾經想起過你，
漸漸，你不會再記著那些他曾經答應過的事、
他如今是否還記得你曾經如斯喜歡過這一個人。
漸漸，你都不會提醒自己，
他是你最不捨得放下的人，
他是你最應該去忘記的誰；
漸漸，你都不會再去害怕，
從別人口中聽到他的近況，
從舊友的眼神中看到刻意的關心……
漸漸，你可以學會自然地想起這一個人，
可以嘗試比較舒坦一點地去懷念他，

> 你想，如果我離開她，不再找她，她會後悔嗎？

去回想以前有過的幼稚與不智，
去審視他曾經有過的溫柔與冷漠……

漸漸，他不會再來找你，
而你也可以將他放進抽屜深處，
即使明明仍然不捨得，
但你可以暫時將他藏起來，
讓自己有更多的空間去微笑去裝傻，
讓你可以有更多力氣，
在所有人面前假裝不會在乎，
在沒有人看到的角落，
一點一點尋回那一個曾經快樂自信的自己。

你會繼續守候下去，即使明知道，
不可能陪他走到最後 ╱

你說，他不再喜歡你，
但你還是想繼續留守在他的身邊。

其實你知道，
這一切最後都只是一廂情願。
就算沒有你的守護，
他還是會遇到其他的守護天使；
就算你再不離不棄，
他還是漸漸不會再出現在你的世界裡。
你留守的，就只是一段回憶，
一段只有你總是懷緬和不捨放開的過去；
而當中的主角，其實是早已經離場，
你卻始終看著他曾經逗留過的位置，
奢想能夠一直陪伴及守護下去，
甚至成為最了解他的一位朋友，
一位不可能會再時常見面，
不可能再親近如昔的朋友……

其實你都知道。

但縱然如此，你還是想繼續喜歡下去，
繼續去做一個很久不見的好友，
繼續去假裝自己已經放下了、
可以細聽他煩惱的一個傾訴對象，
又或是，他即使不會再來主動找你，
你仍願意用最自然親切的微笑，
去向他問好、去原諒他一而再的已讀不回……
你甚至可以冷靜地去預期，
有一天不能夠再知道他的近況與消息，
不能夠再走到他的身旁，
不可以如願以償，成為最了解他的那一個人，
一直守護著這一個其實無比重要的誰……

總有天，他還是會走，
而你只能在回憶裡與他對望，
就只能在越來越遙遠的逝去時空裡，
一起相守，一起微笑到白頭……
即使你們如今不會再並肩，
即使有天你在手機裡看到他的笑臉，
那是曾經讓你最不捨得、最讓你動心的幸福……
但最後，你還是會輕輕撥開、帶過，
不要留下任何祝福，不要打擾他的世界，
其實你是早已覺悟，
這就是你最後可以做的、

唯一可以做到的守護方式……

不會再見，不會問好，
就只願他可以在另一片天地裡，
繼續與他喜歡的人，幸福白頭。

還繼續喜歡下去，
其實就只是希望他以後可以一直安好 ╱

你沒有忘記，
最初為甚麼會喜歡這一個人，
你有多想可以得到他的關注，
多想可以和他走在一起，
多想他也可以如你那般，
認真地喜歡你這一個人。

但來到這夜，你看著他的照片，
就只望他以後都可以一直安好，
活得好好的，做他自己喜歡的事情。

並不是因為你偉大，
並不是因為你已經看淡。

只是你明白，活在如今這個亂世，
能夠好好活下去，自由自在去過喜歡的生活，
原來已經是最大的福氣。

就算以後都不會再見，
但只要知道他仍然安好，

我不是她，為甚麼你要問我這個問題

這樣，就已經足夠。

就已經值得自己繼續喜歡下去。

因為你是最懂我的朋友 :)

只是有時還是會想念，
曾經無所不談的我們 ╱

不知道這天你還過得好嗎。

曾經，我們那樣無所不談，
到凌晨也不捨得去睡。
那時候，我們有著相同的目標，
一起編織過多少回憶與約定，
直到現在，我都記得很清楚。
雖然如今，這一切已經失去了意義，
不會再有人紀念，
也不會再向彼此問好，
我們就似置身於平行的時空，
永遠不會有任何交集，
也不會再為對方的生命帶來半點漣漪。
只是偶爾，當我抬頭看著那一片晴空，
當我又在無意間聽到了那一首歌，
還是會感謝，曾經有你在的那些時光，
感恩有你出現在我的生命裡，
才成就了如今的這一個我，
一個還懂得笑著去懷念你的我……

就只望，這天你也一樣，
活得安好，比昨天更幸福快樂。
我們也許以後都不會再見吧，
就讓我們在那一段短暫的曾經裡，
永遠地一起談笑問好。

有些愛，是當我決定不再靠近你，
才會正式開始 /

你認為，
怎樣才算是愛上一個人？

是第一眼見到他的時候，
就已經感到心動，
移不開視線、但又怕驚動對方，
又怕，以後再也見不到對方？

是會為了他茶飯不思、心不在焉，
為了他一句可能無心的說話，
而不理智地變得太過在意，
這刻叫自己不要想得太多，
下一刻又會問自己是否想得不夠多？

還是，只要他傳你短訊，
你就會歡喜若狂、如釋重負，
即使他只是跟你說一些無聊的話，
你卻視之為最珍貴的回憶，
每天每晚，都會忍不住打開來翻看，
都會想，甚麼時候會再次收到他的短訊？

又還是，到有一天，
你忽然感到自己與這一個人變得無比接近，
你們會互相了解、會互相珍惜對方，
彼此都會把對方看得比自己更重要，
你相信，自己的生命已經離不開他？

然後，你們一起努力走下去，
一起成長、一起相守、一起學習、一起到老，
無論如何，都會不離不棄，
就算狂雷暴雨，都依然相信，
對方就是自己生命裡的另一半？

還是……
就算如此，他始終沒有和你在一起，
你仍然會默默去守護他、為他付出更多。
有多少次，你只是想讓他開心，
而忘記了自己所受到的痛苦；
又有多少次，你感到心灰意冷，
寧願不見任何人，也不願他發現你的難過？

又或者，你其實早已經知道，
他早已有一個更加喜歡的人；
為了他，你可以做他的軍師，
聽他的煩惱、幫他解決疑難，

不會強求得到最親密的位置，
只望可以繼續陪他走到最後？

甚至是，只要他需要你的時候，
你就會立即出現在他的身邊，
就會給予他所需要的溫柔⋯⋯
即使真的，沒有任何名份，
即使你知道，最後也是不會得到，
你想要的人與結果⋯⋯

但也許，你會寧願不要再見，
就只是站在他看不見的地方，
遠遠的守候、盼望，
不會主動打擾，不會唐突問候，
期待，有天可以再次和他走近，
和他可以放下過去、重新認識，
可以和他再次交好、做最好的一對？

又也許，你甚麼都不在乎，
就只想可以簡單地、純粹地，
繼續喜歡這一個最重要的人⋯⋯

然後，到有一天，
你會開始明白，有些感情，

你記得我們有多久沒見面嗎？

原來是當自己不再靠近對方，
才會正式開始。
有一種愛，是當你決定，
不會再勉強得到對方的喜歡，
不會再期望對方也一樣愛你，
以後不能夠再與對方相交、相守，
但你還是決定要和對方告別，
只因為你知道也相信，
即使沒有你，對方也一定會找到他的幸福，
而你的離開，就只是一個儀式，
一個與過去的單戀所告別、
讓自己可以重新出發的儀式……

即使這一個人，仍然是如此重要，
永遠也會活在你的回憶之中，
不會淡忘，也不會再見。

好像快一年了？

做一個心事垃圾桶，
不等於就是對方的真正朋友 ╱

所謂心事垃圾桶，就是：

對方有煩惱，就會向你傾訴。
對方沒有煩惱，就不會有你出場的戲份。
他的煩惱，比你的煩惱更多、更重要。
你的煩惱，在他眼中不過是你自尋煩惱。
當他不開心，他就會來找你，直到找到你為止。
當他開心，他就絕對不會找你，也不會讓你找到。
在你們之間，除了談心事，就沒有其他了。
或許明確一點說，除了他的心事，就沒有其他。
你傳給他的短訊，通常就只會換來已讀不回，
其他的聊天，他都不感興趣，
你的生活你的近況你的成就你的失意你的喜怒哀樂，
他從來都不會過問太多。
然後，你們已經很久沒有見面，
因為他對你的邀約根本沒有興趣，
你們之間的活動，除了聽他的心事，
就不會再有其他、不會再有別的可能……

偶爾你會想，自己在他心裡，

到底有著甚麼的位置，有甚麼價值。
他會找你傾訴，是因為你很可靠吧，
是因為他信任你吧，
是因為他真的把你當好友吧……

他會來找你，是因為他還會記得你，
是因為你有能力解去他的煩憂，
是因為你就只會靜靜地聽他的說話，
是因為你從不會對他有任何的要求，
是因為你從不會拒絕他的要求……

不是誰都能夠做垃圾桶。
不是任何人都可以靜聽別人的煩惱。
不是每一個人都擁有安慰別人的力氣。
不是誰都有義務去做別人的心事垃圾桶。
不是只有他有情緒心事、
其實你也會有看不開的時候……

其實你也知道，
並不是只有你才能夠聽他的煩惱。
他不是一定要找你，
也許只是因為找不到他人，
也許只是因為只有你願意耐心傾聽，
也許總有一天，他會找到其他傾訴的對象……

也許，其實再為他想更多理由或藉口，
他還是不會在意你曾經有過的這些煩惱，
你的不快樂始終與他無關，
他的快樂，又可會與你分享。

有時最怕，不是忘不了，
而是自己其實仍在回憶裡徘徊 ╱

「我以為，自己原本已經忘記了他的事情。」

「你不是已經很久沒有提起他了嗎？」

「是的，其實這些日子以來，我已經甚少會想起他，我以為
自己真的可以放下了。」

「你是已經放下了吧。」

「但其實不盡然。那天我無意中聽到一首歌，是他以前很喜
歡的歌，我竟然不知不覺間聽得入神了，我終於明白當時他
為甚麼會喜歡這首歌。我為自己終於有多一點明白他而高興，
但同時我又為自己仍然清楚記得他的事情，而感到好笑。原
來，我只是一直告訴自己已經忘了，但關於他的記憶，我從
來都沒有真正捨棄過。」

「嗯。」

「很傻吧。」

「其實，我們的記憶，根本並不可能真正刪除，也不可能真正忘記。會記得某些人與事，不代表自己仍然在乎；倒過來，不記得了，也不代表自己就是一個薄情的人。其實……忘不了並不是一個問題，最難耐的，是自己仍然會為這些回憶而想得太多。」

「你說對了。」

一年前，我曾經想要離開一個，我最在乎的人

就算明知道以後不會再聚，
但還是會想見到你在場 /

唏，
很久沒見了，你好嗎？

我想，你一定會很好的。
只是有時還是會想知道，
此刻你正在過著怎樣的生活，
有著哪些快樂與煩憂。
雖然這一切，如今也已經與我無關，
我們都各自有著不同的道路，
不會再一樣的人生……

只是每次，當我無意抬起頭，
發現天上的瑰麗晚霞；
當我走到橋上，
看到路上那川流不息的燈火……
我都會忍不住想起，
如果如今，你也看得到這片景致，
如果可以和你一起分享這一份感動，
如果，我們還可以一起談談彼此的近況，
如果我們還能夠再次細數，
那些年我們曾經一起經歷過的趣事、

一同走過的天地與風光……

那時候我是有多麼慶幸，
可以在這段路上偶遇你這一個人，
有了你，世界變得更美，
回憶從此有著不一樣的價值。
曾經有多想告訴你知道，
你是我人生裡其中一個最不捨得的人，
可惜每次，時間總是過得很快，
在最快樂的時候，
總是不捨得將一切變得太刻意……
然後到那一天，你突然離開了，
以後我們都不可以再重聚。
我只能帶著你這一個遺憾，
安慰自己，至少我們曾經相遇相知，
在這茫茫人海裡，
是有多麼難得，多麼幸運。
如果我能夠將你一直藏在心裡，
那至少，我們在這份回憶裡，
還是可以繼續一起到老白頭……

只是偶爾還是會想，
如果你也在場，那就好了。

如果你還在場，那有多好。

那時候我以為，只要我離開了，那個人就會變得稍微珍惜我

回
首

「很快的忘掉一個人，是不是代表不夠愛？」

會忘記，不一定是不夠喜歡那個人，
會記得，也不一定是那個人依然重要。
記憶這回事，有時原來是一場玩笑，
偶爾你會想不起細節，
但會記得曾經有過的感覺與痛楚；
偶爾你會認不出他的聲音，
卻又會想起他對你說過的晚安。
說到底，真正重要的人與事，
其實又怎可能輕易忘記。
往往首先被淡忘的，
反而是我們自己本來的初衷。

不要把你的善良與溫柔，
留給只會得寸進尺的人 ╱

有些人，無論你再如何溫柔相待，
到頭來，你還是不可走進他的世界。

你做得再好，他從來不會讚賞，
再體貼再盡心，他也不會感謝你的付出，
還是只會覺得理所當然。

你以為自己做對了一百件事，
至少可以換到他的一點認同；
但有一次，你做了一件他覺得不合他心意的事，
他就立即忘掉你有過的好，
並認為這是你對他的冒犯，
然後，他很快便決絕地與你斷絕往來，
甚至在你的背後，對別人去說你的不是。

你不相信，你們之間的關係竟然如此淺薄。
只是他也不會在乎，為了挽回他的理解與信任，
一直以來你承受過多少沉重與煎熬。
你不斷反思自己做錯甚麼，
也是不會得到他的回應。

他就只會要求，你要對他更好更忠誠，
不可以拒絕他的任何要求，
不可以要求他回報，也不可以再有任何情緒，
即使你早已因為努力達成他的理想，
而讓自己弄得傷痕累累、力竭筋疲。

最後你會發現，不懂得拒絕別人，
原來不等於就會得到對方的尊重，
因為對方已經太過習慣了你的順從。
不是你做得不對，不是你不夠好，
但對於一個不想了解你、只想得到你好處的人，
你的溫柔、善良、認真、體貼與細心，
反而是多餘出來的部份，他不會珍惜；
一百件好事，竟然也抵不上一件小事，
原來一百減一，真的可以等於零……
但偏偏，你也會一直記掛著這一點委屈，
即使後來你們都不會再見，
偶爾還是會讓你苦笑皺眉……

曾經你想過，如果那天，
你用他待你的方式來對待他，
冷淡、絕情、任性、雙重標準、已讀不回，
他是否就會明白多一點你的心情，
是否就會後悔自己當初的不懂珍惜……

即使其實，他已經很久沒有回覆我的短訊，也不想和我見面

但也許，他就只會乾脆地轉身離開吧，
不會有任何勉強或留戀，
最後捨不得的人，始終都不會是他……

有些人待他再好，還是不會得到他的尊敬。
有些人待你再差，還是不會得到你的遺忘。
世事總是如此。
但別要再將你的善良與溫柔，
留給一個不會珍惜的陌生人。
你可以善良，但不需要過份善良，
有些人值得溫柔相待，
但再溫柔，有些人還是只會讓你受盡委屈。

你不會讓人知道，在你心裡，
藏著一個只可以想念的誰／

其實你知道，不可能和他一起，
想得再多，你也知道不會再有任何結果。

但你還是會想。
會想，以前的種種快樂，
會想，如今的不會再見。
會想，曾經的那份情深，
會想，最後的突然遠離。
想得多了，會忍不住苦笑，
就算想得更多，有些情誼還是會越來越淡。
想得深了，又會忍不住嘆息，
為甚麼如此認真，但你們現在還是不會再見。
其實你真的知道，這樣想下去也是沒有結果，
再思念，也是不能傳達給他知道，
你只是希望透過不停的想，
來提醒自己，這一個人是不會再見，
來安慰自己，只要自己還沒有忘記，
這一個故事就沒有真正的終結……

即使當中的主角已經離開，

然後，我不再找他，他也沒有找我，因為他根本不在乎

即使這個故事，沒有人會知道，
也不會有人在乎。
再想下去，再想更多，
自己也是不會放下身邊的一切，
還是不會再鼓起勇氣重新去追；
再想下去，想到最後，
也許只是希望透過這樣的執迷，
將自己的認真與情深逐點消磨。
然後到哪天，自己終於不會再想得更多，
又或是，你偶爾還是會忍不住回想，
但你不會再想到落淚，
不會再因為這一個人，而刻下更多心痛。

他早已離開了，你又何必留在原地，
用思念來自我懲罰下去 ╱

「好了，真的不要再想了，想了，他還是不會回來你的身邊，最後只會讓自己更疲累。」

「嗯，我會努力的。」

「其實有時越努力，就反而越難去忘記……」

「所以你說，我還能夠怎樣呢，想或不想，其實都仍然與那個人有關……」

「慢慢來吧，這段過程再苦再累，我都會繼續陪著你的。」

「嗯。」

我才發現，一個本來不會在乎我的人，又怎會在乎我的離開

其實你不用勉強自己去假裝快樂，
也不用勉強自己去承認你不快樂 ╱

真的，
不快樂就不快樂，
就任由自己一個人下沉，
不要打擾別人，也不要讓別人打擾。

累了，
就不必勉強自己繼續假裝微笑，
也不必勉強自己向別人一再解釋或說明，
你沒有笑，是因為你真的不快樂，
並不是因為你不喜歡對方，
並不是因為對方做錯了甚麼，
但因為甚麼事不快樂，你卻已經無從說起……

然後，你寧願讓自己笑得更真摯，
讓自己彷彿已經從那一個不快樂的深淵，
復原過來……

然後，你寧願繼續讓自己躲起來，
不想再對別人假裝微笑，
也不想再對任何人解釋更多。

你不快樂，但你已經習以為常。
你知道自己或會有好起來的一天，
只是你不想在那天來到之前，
讓自己變得更累，
然後連重新開始的力氣，也殆盡消亡。

真正的陪伴是，就算面對多少風雨，
我都會陪你走到最後 /

所謂陪伴，
並不是只會看見你的好，
卻不容許你有任何不好的地方。

所謂陪伴，
並不是你做錯了一次，
我就會輕易忘記了你所有的好。

所謂陪伴，
並不一定可以時常同歡共喜，
但在你最軟弱的時候，
我不會捨得讓你一個人在人海裡浮沉。

所謂陪伴，
並不一定會有著相似的個性，
或是有著相同的喜好、價值觀，
為的，也許只是一段曾共患難的回憶，
一份堅守下去的信念，
一個簡單、但無法輕侮的承諾……

我陪你。

就算前路灰暗，會遇到多少風雨，
就算偶爾惶惑不前，甚至會受到一些傷害，
我都會陪你一起面對，守在你的身旁，
在最黑暗的時候，
一起守候盼望、結伴撐下去，
直到下一個黎明再臨的日子……

然後，我們終於可以笑著再見，
即使有過多少疲累心酸，
也會成為他日回首的一場笑談。

加油。

如果他從來沒有重視我，又怎會後悔沒有好好珍惜我

後來，你終於學會輕描淡寫，
去想念那一個誰 /

有天，旁人無意中提起他。
你聽見這個應該熟悉、
或早已陌生的名字，
沒半點牽動，沒一點可惜，
沒有，甚麼都沒有。

彷彿，那些年裡有過的守候，
從來沒有存在過，不留半點證明。
彷彿，就只是你曾經愛錯了某一個人，
而如今，你已經告別了那一個幼稚的自己。
後來你都習慣解釋，
那時候的執迷，並不算是愛情，
他這一個人，並不值得你去認真，
他那天的突然消失，
反而給你一個提早清醒的機會，
反而讓你學懂，有些人不可以再追，
有些關係再認真，也是不會得到甚麼⋯⋯

你都已經習慣笑著去說，
如今你有更多值得去愛的人，

有更多真正待你好、會互相珍惜的朋友，
還有很多等著你去完成的理想，
又何必再去追尋，
那個與他有點相似的身影，
又為何還要念念不忘，
那些尚未完成的約定、一個玩笑……

要愛人，就要先懂得愛自己，
你的好，值得有人去珍惜，
放開手，才可以再擁有，
別灰心，明天會更好……

後來，你都已經習慣，
對自己，對朋友，
去笑說這些以前不太在意的道理。
後來，你都已經習慣如此輕描淡寫，
習慣去相信，自己是已經復原過來。
後來……
有一天，你在那一條路上，
碰見以前曾經與你同行過的他。
你裝作看不見他，
展現了自己最自然平常的一面，
在他的身邊，輕輕走過，
沒有回頭，沒有不捨，

就算我以為，我們永遠都會是對方最重要的朋友

沒有誰叫住誰，沒有其他以後⋯⋯

後來，
每次你聽見他的名字，
你都會自然地，表現得不痛不癢。
旁人都相信，你已經復原過來，
甚至漸漸忘記，
你曾經為誰太過認真。

那最深刻的痛，彷彿也不再留下半點痕跡。

有時不捨得放手，
是因為知道有些事情不會再有下次 ╱

最後，我們還是不得不學會理智面對。

無了期的等待，
還是應該要有一個盡頭。
可以無條件付出所有，
但忍痛，始終也是有一個極限。
不應該一再承受更多委屈，
不應該讓自己變得更加卑微，
不應該變得習慣仰望，
不應該為了別人而沒有了自己。
最美好的，尚未來臨，
在此之前，該專心記住最快樂的回憶，
該放下明知道得不到的那些甚麼。
要愛人，首先要愛惜自己，
要擁有，就要先學懂放手，
不要強求，那一些不屬於自己的溫柔，
不要迷戀，那一個早已經走遠的身影。
何必還要倚靠，那一位不安定的誰，
何必繼續相信，那些不會兌現的約定，
然後讓自己明天醒來時更加迷茫，

但其實，他只會在他需要的時候，才會想起我

然後，到最後，又讓自己變得力竭筋疲……
不要再悲傷下去了，
明天還有更多值得珍惜的人，
不要再欺騙自己了，
昨夜你已經嚐過最苦的滋味，
還要繼續下去嗎，
還要讓自己更痛更沉重嗎……

也許到最後，
我們還是不得不面對現實，
重新去回望與檢視，
這些年以來，
自己的不成熟、幼稚、感情用事，
最後得到了甚麼，如今已經失去了幾多。

有時候，就算再如何堅持，
也不能夠挽回一個想離開的人，
有時候，就算彼此再不捨，
也不可以讓裂縫變回亮麗無瑕……
說再多的謊，也是不能令對方微笑，
騙自己更多，也是未可讓抑鬱平息。
與其繼續受傷，何不放過彼此，
如果真的怕痛，為何還再撲火……

也許最痛的是，我們一路堅持，
最後還是要忍痛放手，
讓自己回復正常，讓自己可以輕描淡寫，
說一聲再見，以後不要再見。

其實一直以來，都是我在討好他，而不是他真的了解我

有些人離開了才懂得珍惜，
但也不是每個人都能學懂 /

想離開一個人，可以有各種原因。

可以是因為，他總是會忽略你的感受，
你再委屈或難受，他還是不會為你有任何改變。

可以是因為，你已經主動了太多太多次，
但他不會對你有太多主動，彷彿隨時可以將你捨棄。

可以是因為，他總是對你若即若離，
不只令你無所適從，也讓你如今累到力竭筋疲。

可以是因為，你認真用心去對待這一個人，
而他始終不會顧念你的感受，猶如一個陌生過客，
猶如，你並不值得他去關心和珍惜……

你在乎，但他不太在乎，
再用心，也不會換到更多感動……
其實你是清楚知道這個事實。
有多少次你反問自己，
何必再這樣委屈自己下去，

只是你還是會不甘心就這樣放棄，
還是會期望，哪天他會對你有多點認真，
會開始懂得珍惜你……

你是有多不想，用離開他這一種方法，
才能夠讓他學會，如何去珍惜一個人。

但如果，他從來都不會對你有太多在乎，
甚至不會察覺得到，你的離開帶來了甚麼轉變；
那麼你再用心良苦，又如何讓他學會珍惜，
你的不再打擾，他可能反而樂得清靜，
甚至根本就，不痛不癢……

說到底，你的離開，
並不是為了教會他如何去珍惜，
而是希望換取一次放過自己的機會，
不要再將所有心思都放在這一個人身上……
不是你不值得被珍惜，不是他不懂得去珍惜別人，
也許從一開始，他就有另一個更想去珍惜的人；
又也許，我們再如何小心珍惜，
終有天還是要學習，
如何放手離開這一個，始終不會屬於自己的誰……

如何還自己，一個自由。

我們只是裝作很親近很友好，讓我可以暫忘自己的卑微

你為他變成更好的人，你盡了全力，但他始終不需要這樣的你 /

你知道，
自己真的已經盡了全力，
你努力過了，也疲累夠了，
你成為了一個更好的你，
彷彿可以更喜歡這一個自己，
你也已經得到太多人的稱讚與愛護。

但是，你一直想靠近的那一個誰，
並不會記得你最好的模樣，
也不會想起在最後的那些日子裡，
那點你其實掩飾不了的難堪與苦澀……
即使後來他偶爾還是會回來找你，
想你為他去做些甚麼，
或只是聽他單方面的訴苦；
但最後他還是只會記得別人對他的壞，
不會回想起你對他的好，
不曾想過要給你一個讓你釋懷的回應。

然後，他終於還是離開你，
你卻為了得不到他的一次回眸，

而無法原諒自己。

你始終會記得，為了他，
自己曾經變成最好的你，
但他最後還是不需要這樣的你。
而來到這夜，你又可會又再反問自己，
那些年的認真、努力與堅持，
到底是不是真的值得，
到底是不是真的不過自討苦吃……

如果從來沒有開始，自己又是否真的捨得。

讓他可以繼續擁有一份，不會太長久的溫柔

後來你遇到了更好的人，
可是最掛念的，卻是哪個已經錯過的誰 ／

「如果讓你選擇，你會選擇一個懂得照顧你的人在一起，還是會選一個能夠互相理解的人在一起？」

「這兩個人，你都喜歡嗎？」

「有一點。」

「那即是，他們都不是最喜歡的人吧。」

「人大了就會明白，最喜歡的人，有時不一定可以在一起。而且愛得越深，也只會跌得越痛。」

「所以，你寧願選擇跟其他比較適合的人在一起，即使你知道對他們的愛情，已經再去不到以前最愛的程度？」

「這樣會不對嗎？」

「不一定的，只要你清楚知道自己真正追求甚麼，就可以了。」

「但是⋯⋯來到這天，我已經不太清楚自己想要甚麼。」

「那為甚麼要勉強自己去選擇呢？其實你也可以偶爾逃避一下啊。」

「因為，我怕自己會錯過一個真正對我好的人。」

「但捉緊一雙不適合的手，對那一個真正想愛人的你來說，又何嘗不是一種錯過呢。」

寧願在回憶裡獨自思念下去，
也不要再見那個不屬於自己的誰 /

有時候，就算有多思念一個人，
但你還是會寧願，不要和對方再見。

即使如今你還是會遺憾，
曾經熟悉的你們，竟然會變得不再親近。
明明，你們也有過許多無所不談的夜深，
明明，你們曾經都將對方看得無比重要。
明明，你仍然會記得他的生日，
明明，他應該也能知道你的近況，
你的失意，還有寂寞……
可是，已經過去多少天了，
你們依然沒有再見過對方，
甚至是，連發一個短訊也會感到猶豫。

是因為你怕，
太久沒接觸的兩個人，可能會相對無言，
怕會先被對方拒絕，想開口也不能夠？
是因為，就算你有多想見對方，
但對方也是只會表現得冷淡，
恍如一個不熟悉的陌生人？

還是，你心裡其實知道，
就算有一天，你們真的可以再見，
但無論你有多努力，有多堅持，
最後還是無法追回，
已經錯過了的那些歲月……
他的身邊，再沒有你可以守候的位置，
而你也無法再像以前一樣，
勇往直前、義無反顧地去留住這一個人，
去一起開創更好的未來……
就算可以再次靠近、再次友好，
但到頭來，還是只會換來更多患得患失，
然後又會讓你更想念或執迷，
那些無所不談的深夜凌晨，
那一對曾經最在乎對方的你們……

若是如此，倒不如從來都沒有再見，
也不要執著於和那一個始終不會屬於自己的誰，
說一聲再見，然後又過度期待，
下一次何時才可以再見。
寧願繼續一個人，更純粹地思念這一個誰，
別再因為貪求某些已經逝去的溫柔，
而讓自己又再變得不能自拔。
寧願和埋藏在心坎中的這一個誰，
繼續在回憶裡笑著問好，
還彼此一個不會再見的自由。

然後這天這一個人終於回來找我

你知道，他不會喜歡你，
可惜你還是不懂得怎麼放棄 ╱

你跟自己說，
下一次，就要放棄了。

下一次，情人節的時候，
就要跟他坦白一切。

下一次，如果他交了另一半，
就要跟他表達你這些年來的情深。

下一次，他要去外國留學，
就要告訴他，你曾經有多期待每天的見面。

下一次，在他陪你慶祝生日的晚上，
就要讓他知道，你這些年來的生日願望，
其實都是與他有關……

下一次，你和他又突然變得疏遠了，
就寫一封信告訴他，你很感謝有他這個好友，
只望他會一直幸福快樂。

下一次，他突然又來主動找你時，
就跟他說，其實你已經盡了最大的力氣，
不去找他，不去讓他找你……

下一次，當你們又再變回往昔般友好，
就在一個風和日麗的下午，
輕鬆地笑著說，原來，
我是曾經這麼認真地喜歡過你啊……

下一次，當你們偶然地，
在那一條曾經結伴同行過的街道上碰面，
他對你陌生地點一點頭，
然後就悄然從你身旁走過，
到時候，自己就真的要放棄了，
真的，不要再想得太多，
不要再期待和失望更多，
不要再為了他這一個人而失眠，
不要再只有他這一個人，
然後繼續被遺落在這一個不會醒的夢魘裡……

你跟自己說，
下一次，就要放棄了。
到時候，你會慢慢學會忘記，
到時候，你會重新再出發。

卻告訴我，他錯過了一個很重要的朋友

這是最後一次，
真的，最後一次……

下一次，不要再跟自己說，
這是最後一次，以後都不會再有下次。

就算再喜歡再不捨，
有些人也是不可同行共老 ╱

有些人，再喜歡，
但是不可以坦白一切。
再靠近，也是不可能一直倚靠下去。

再親密、再有默契，
還是會記起，這種親密也有限期。
你知道的，投入更多，
也是不會開花結果，
在你最用心最在意的時候，
還是會感覺得到，
那種彷彿有心保留的距離。
更何況，你始終不是他的誰，
不是朋友，不是情人，
不是追求的身份，不是單戀的對象，
最多就只會是，
一個偶爾遇上、可以互相取暖的伴；
當任務完結，當有一天，
對方不再需要這一種暖，
從前曖昧的親密，也會換成想離開的厭倦……

還問我，如果他試著離開她，她會不會就會學懂珍惜

即使，你是認真地喜歡了對方，
即使，在你們都沒有真正坦誠的那些日子，
原來你們曾經也互相喜歡過對方。

但再喜歡，也是過去了。
再不捨，再勉強延續曾經的曖昧，
然後又再重覆下一次的不歡而散、不辭而別，
這又是否你想要得到的結果。

有些事情其實從來沒有選擇，
例如喜歡一個不會喜歡自己的人／

「你會喜歡一個不會喜歡你的人嗎？」

「如果我本來已經喜歡了這一個人，就算他不會喜歡我，我也是身不由己的吧。」

「那，如果你還沒喜歡那個人呢？」

「我想，如果有天，當我會為了某一個人而想起這一個問題，那就是代表，我對那一個人已經有一點認真的喜歡吧。如果從來沒有太多認真，又怎會讓自己去亂想這些不可能發生的事情呢。」

「嗯，那即是⋯⋯到最後也是身不由己嗎？」

「很多事情其實都是身不由己，只看我們用怎樣的心情去面對吧。就算對方不會喜歡我，也不等於我不能繼續去喜歡這一個人⋯⋯也不等於，我就不可能讓對方有天會喜歡我。」

「但是喜歡一個不會喜歡自己的人，不會累嗎？」

你想，最後他會學懂如何珍惜嗎？

「會啊，所以有時我也會選擇逃走，讓自己默默地喜歡下去，不要強求得到，也不必勉強自己去放下、去忘記這一個仍然會在乎的人。」

他不是你的誰，但來到這天，
他還是可以讓你想得太多 /

偶爾你也會問，
為何會與這一個誰，靠得這麼近。

有時你會覺得他很重要，
有時你又會問自己，他是你的誰。
有時你會覺得他很重視你，
有時你又會感到自己是零、不值一提。

有時你會為了他的一言一語而太過認真，
有時你又會因為他的忽冷忽熱而卻步不前。
有時你會為了偶爾的心靈相通而感到滿足，
有時你又會因為他的陌生而心灰意冷。

有時你會好想尋找一些事情來證明你們的關係，
有時你又會提醒自己，再親近也是自欺欺人。
有時你會不想再思考太多而忘記了眼前的親密，
有時你又會太在意其他人的眼光，感到於心有愧。

有時你會相信你們可以友誼永固，
有時你又會反問，自己是否真的甘於這個位置。

有時你會很想和他能夠更進一步，
有時你又會害怕，越過界線之後會破壞了一切。

有時你會告訴自己，有些人曾經再親近，
到頭來也只會是一個陌生人。
有時你又會擔心，再如此惶惑下去，
自己就真的和這個人變得越來越陌生，
然後不再往還。

有時候，你會很想乾脆作一個了斷，
說一聲再見，然後不要再見。
只是如今，他還是和你如此接近，
你捨不得，有些關係有些情誼，
也不是可以說散就散、說忘就忘；
不想再見，但你們還是會繼續碰面，
還是會繼續默默地喜歡下去，
直到有天，再也想不起這個人為止……

到最後，
那個人是你的誰，其實並不重要。
你只知道，曾經有一個這樣的人，
總是可以輕易地讓你想得太多，
讓你記起了一切有過的快樂與心酸，
也曾經讓你喜歡得心甘情願。

我不知道……

或許，你以後都會忘不了這一個人，
一個不會真正失去、也不可握緊的誰……

可以想念，但不可以讓對方知道，
可以想得太遠，但不可以一起到老白頭。

你不會再執著他的道歉，不是原諒了，
而是你不會再相信這一個人 /

漸漸，
你都不想再聽到他跟你說，對不起。

做錯了事，說對不起，
是一種請求別人原諒，
是彼此都相信知錯能改。

只是，當他重複犯上同一個錯誤，
當每次他犯錯之後，他都會跟你說對不起，
當，你一次又一次相信他，
然後他又一次再一次犯同樣的錯，
你再大方善良，
也會開始對這一個人感到失望，
不想再相信，不想再原諒下去。
但，有時你也會心軟，
尤其當看到他在道歉時的低姿態，
你可能會想，就接受多一次他的道歉吧，
就相信這一次他會真的改過，
因為你們也是經過多少年月的相處，
才難得地走到來這一天……

對不起

又怎可以輕易放棄，
怎可以容許自己狠心不去相信，
這一個還願意跟自己道歉的人。

然後，當他得到你的原諒，
他又再繼續犯下更多的錯。
彷彿有恃無恐，彷彿理所當然，
他對你的道歉，也一次比一次冷淡或敷衍，
彷彿並不是他不應該又再犯錯，
彷彿，都是一直介懷他犯錯的你不對。
你是應該要去理解他、接受他的一切，
你是不應該去提出太多意見與想法、
勉強他去改變。
到有天你或許會終於發現，他的對不起，
原來並不是為了想要去表示他的歉意，
原來就只是希望用來留住你們的這段關係，
而他其實並沒有打算真的要決心改過。
一聲對不起，換來你的一點心軟與猶豫，
容許他在這點時間裡，
沖淡你對他的生氣、失望、厭倦與冷漠，
讓你忘記，你本來是希望他能夠變好，
你本來不會支持一個一錯再錯的人……

可是，來到如今，

他已經不知道對你說過多少次對不起，
而你也不再是最初勇敢單純的你，
你再沒有離他而去、重新開始的力氣。
他的對不起，終有天你會變得無動於衷，
不是你不在乎，而是你已經不會抱任何期待，
不會再相信這一次之後，
他會有任何變好的可能。
說一聲對不起，
彷彿就如一聲「我還在」的意思，
而你卻開始有點慶幸，
至少他還是會顧及你的感受，
才會對你感到抱歉。
可你原本並不是為了得到他的道歉，
才會去開始這一段其實並不對等的關係。
他犯錯，讓你難受，
但他道歉，卻不是為了減輕你的難過，
就只不過是，不想你再記著他的犯錯，
不想再限制他的任性與自私……
他已經道過歉了，
為何如今你還是不能放過他，
最後，反而更不能放過你自己。

我要睡了，謝謝你和我聊了這麼多 :)

一個人對另一個人太過認真，
往往是一個令人生厭的故事 ╱

累到盡頭，有時會忍不住反問自己，
為甚麼還要如此下去，
既得不到他的喜歡、只會讓他生厭，
甚至連自己也越來越感到厭倦。

既然他都不會在乎，
自己所做的也彷彿沒有價值或意義，
那麼，自己的堅持不變，
對他來說也不過是一種自作多情吧。
既然，稱不上偉大，
那倒不如趁還沒有讓他討厭到底之前，
早一點放手、離開，
至少還可以讓自己輕鬆一點，
至少明天醒來，
自己的世界不再被那一個人完全支配……

但你還是捨不得。
明知不可能，明明已經倦透，
卻還是捨不得退後半步，去逃避一次。

只因為你知道，
這一份對別人來說的太過認真，
在你的生命裡，可能就只會有這麼一次，
就只有如今的最後一次。
你心裡太確定，
從前，將來，
你都未必可以再有這麼大的勇氣，
去認真投入這一件事、這一個人身上。
這不算是偉大，但對你而言，
卻是你人生最厲害、最值得稱傲的一次紀錄。
就算沒有太多人會欣賞或珍惜，
但你還是希望能夠貫徹始終、認真堅持到最後，
直到有天自己傷痕累累，再也無力向前進發……

直到哪天，
你從這一次太過認真的旅程當中，
學懂放手的智慧。
原來有些事情，
如果只是一直遠觀仰望，
不敢靠近，獨自猜想太多，
留給自己太多可以轉身逃走的機會，
人是始終不會真正知道，
何謂苦澀，何謂幸福，何謂執著，何謂心息……

晚安

原來有些認真，
最後不會換來另一個人的欣賞與回報，
卻會讓自己在過程中，
變成一個更好的人，
然後在往後的人生裡，
可以成就更美好的未來……

即使他最後還是不會發現或在乎，
那些年月裡你所承受過的苦與累。
但他好不好，也與你再沒有關係了……
你不會再厭棄，
曾經如此認真的那一個你，
就只願將來可以對另一個更好的人，
再好好地認真一次。

後來你終於明白，對一個人好，並不一定要讓對方知道 /

對一個人好，
不一定要讓對方知道。

不是你不想要回報，
只是你也知道，
你的好，他不想要。
再勉強對他更好，
也只會變成一種壓力或打擾，
到最後，讓大家不歡而散……

即使你其實真的很想待他更好，
你卻知道，只有不著痕跡，
這一份心意，才能夠繼續延展下去……
你的喜歡，或許未可換來他的感謝，
但只要不被他發現你真正的感情，
不要有任何機會，讓他將你拒於千里……
那麼，你就可以繼續默默喜歡這一個人，
繼續用你的方式，
一點一點地，
去待他好，去讓他快樂幸福……

那就已經足夠了。
你告訴自己，只要可以繼續喜歡他，
就已經很好，就已經值得。

至於他會不會喜歡你，
隨著年月過去，物轉星移，
彷彿都已經變得不再重要，
那又何必一定要知道，真正的答案……

是嗎？

單方面的一再主動，
始終改變不了另一個人想離開的決心 ╱

「有時再喜歡也好，有些人最後還是不能夠一起走到白頭。」

「我不明白。」

「可以走在一起，是一種運氣，但能否繼續一起走下去，單憑運氣是並不足夠的。」

「還需要甚麼？」

「也要看彼此的個性是否相配，要看兩人是否願意一起付出、一起努力、一起成長。」

「不是只要仍然喜歡對方，就已經足夠嗎？」

「是的，喜歡是很重要，但兩個人是否可以繼續在一起，有時需要的並不只是還有多少喜歡，也要看，彼此還有著多少決心，無論有多少艱難險阻，也願意繼續伴著對方一起走下去……如果只是單方面一再主動、一再付出，就算做得再完美，也是留不住一個始終想離開的人。」

你是我最重要的誰，遺憾的是，
最後我們還是只能讓彼此錯過 ／

據說，人生有春、夏、秋、冬四季。
只是每一個人，也會有著不一樣的時區。

18 歲的初春，你偶然遇上那一個對的人；
20 歲時的深秋，他才發現自己早已遇到對的你。

21 歲，你開始與那一個人計劃你們的將來；
22 歲的他卻依然相信，你就是他的將來。

25 歲的盛夏，你在他的祝福中，與那一個人步入教堂；
26 歲的冷冬，他在書裡偶然讀到，放手原來也是一種愛。

28 歲，你在秋風中守候著一個人回家，一天又一天；
29 歲，他才可以慢慢騰出，你在他心裡一直佔據的位置。

31 歲，你終於決定要忍痛離開那一個始終不對的人；
30 歲，他卻偶然碰到一個，完全意想不到的對象。

32 歲的聖誕，你偶然遇上很久不見、如沐春風的他；
而他的眼中，就只看得見自己身邊的人……

每一個人，都有著自己的時區。
有些人，或許會比較早得到幸福，
有些人，還是只能夠祈求苦盡甘來，
有些人，始終等不到那一個誰，
有些人，到最後還是不知道自己真正想要甚麼，
而只能夠一直在回憶裡的秋夜，獨個浮沉……
或許一切皆有定時，也有盡時，
不能夠太焦急，亦不需要太灰心。
總有天你會找到屬於自己的路，
總有天，你會幸福快樂……

只是，有時還是會遺憾，
即使我們不只一次擦身而過、
我們明明一同生活在這一個城市，
我們的時區，原來始終不會一樣。
無論再怎麼勉強或努力，
始終不會再遇上，也不可以再同行。
來到這天，
你依然會留戀，你與他那一年深秋的錯過；
而我也未能離開，那一個淚如雨下的暑假，
那一場多少人被迫半途離去的夢……

就是如此而已。

如果你始終對未來感到不安，
請記得適時哄一哄自己的心 ╱

過度的不安，有時比起病毒更加可怕。

人心是軟弱的。
如果任由不安全感，
完全去支配自己的思考與行動，
忘記了原本要完成的目標、
想要守護的人與事，
甚至漸漸對別人與自己也失去信心，
那到最後，自己也終會撐不下去吧，
到頭來，我們曾經的苦苦堅持，
就會變成一場逃避不安的獨角戲。

因為再沒有人，
可以找回那一個害怕受傷，
而一再躲藏的自己。

這一年來，大家都辛苦了。
如果感到累了，請讓自己歇一會兒，
先讓那一顆紛亂的心，暫時安定下來。

原來到最後，有些人是始終學不會如何珍惜

就算，明天未必會立即變好，
就算，外面的世界仍然有著多少荒謬，
也要提醒自己，
原本你想要去達成的理想，
還有，自己一直想要守護的人與事，
不一定可以馬上做到，
但請相信，自己的付出並不是沒有意義，
這天的不安與無奈，
就只是這段旅程的其中一個章節。

事情會漸漸好起來的，
只要我們自己沒有放棄。

所以，就先讓自己暫時歇一會兒，
好好去睡一覺，養好氣力。
你已經很努力了，真的，
就還自己一個輕鬆，
明天醒來，我們再一起去加油，
好嗎？

朋友，不需要太多，
有幾個可以交心的朋友，就已經足夠 /

朋友有很多種，
但可以交心的朋友，從來不會太多，
當幸運地遇上了，你不會讓他輕易錯過。

就算你們有時會相隔很遠，
但每次見面，情誼都從來沒有改變。
就算彼此都因為忙著生活而無法相見，
又或是感到心累而不想見人，
但只要當你知道對方需要自己，
你就會放下手上的事情，立即趕去對方身邊，
只希望能夠為對方解去各種煩憂，
只希望，能夠陪伴對方去面對眼前的不安。

即使，大家將來會走在不同的道路上，
甚至是忘了當初的共同理想，
但有時你們又彷彿感應到對方的思念，
一個短訊或一通電話，就可以再重新燃起，
被安放在心坎裡的這份情誼，
不會忘記，彼此有過的歡笑、任性與幼稚，
一起相守相伴、齊上齊落的重要時光。

晚安

再沒有一個人，
可以共你分享那些珍貴的經歷、感受與羈絆，
你知道其他人無法替代、也不想找人替代，
就算將來的生活再忙再亂、再認識更多的人，
你們也不可能會對這份情誼有半點遺忘。
這樣的朋友，真的不需要太多，
有一個人可以與自己如此交心，
其實已經是一種難能的福氣，
我們又何必因為其他不願意交心的過客，
而讓自己又再灰心失意更多。

走在一起，是幸運。
但一起堅持相伴到老，才是最難能的福氣／

兩個本來不同的人，
能夠走在一起，其實是一件幸運的事情。
但在相遇之後，
能不能一起繼續走下去，
除了運氣，卻需要更多的努力與堅持。

如果可以，
你有多想能夠跟他一直同步，
與他看一樣的世界、聽一樣的聲音，
一同經歷更多的喜怒哀樂，
感受這宇宙的美好與神奇，
然後變成只屬於你們兩個人的回憶，
繼續一路結伴成長，一起共老。

然而，有時候，
明明一起生活、擁有同一份感情、
應該是與自己最親近的一個人，
彼此卻會有不一樣的改變，
朝不同的方向成長，
然後，漸漸變得不再相似……

即使，他依然每天在自己身旁，
你卻清楚感受得到彼此的距離，
一點一點拉遠，一天一天不一樣。

你們依然會喜歡、著緊對方，
只是那點逐漸累積的疲累與疏離，
卻會讓你開始擔心，
這天所走的路，會有走到盡頭的一日。
你害怕自己的說話，會不小心傷害對方，
你害怕他的沉默，有天會終於變成習慣。
然後，兩人難得相對時，
就只有帶點陌生的微笑，
又甚至是，只剩下已經於事無補的對不起。

走在一起，是幸運，
一起在走，是幸福。
但你知道，這一份福氣是如此的不容易，
你努力勉勵自己，不要輕易放棄，
不要錯過這一個其實最重要的人……
只是偶爾也會疲累，也會迷失，
會盼望，那一位至親摯愛，
願意給自己一個微笑，或是一個擁抱，
讓你知道，彼此仍然願意繼續一起努力，
願意一起思考，如何找到更幸福的未來，

如何才能跟生命中這一位最熟悉、
也最不能錯過的另一半，
一直相伴，到老白頭。

vohe4jl3mfmv3mb2bu3nn1

後記

學會將一切都看得很淡很淡，
但也不等於
以後就不會再痛

/

偶爾會想，不如別要再寫下去。

我知道的，
如果真的喜歡，就不應該輕易放棄，
你還有很多尚未寫完的故事，
你還有很多默默支持你的人；
你還可以去做更多事情，
還可以透過文字觸碰更多人的生活，
去一點一點改變這個世界。
能夠做到自己喜歡的事情，
其實就已經比別人要幸福了，
你可以走到來這一天、這一個地方，
也是因為得到過很多人的支持，
你又怎麼可以輕言放棄，
怎可以看輕自己。

只是還是會有累的時候。

尤其當遇到一些不解的人、或是惡意，

你可以鼓勵自己，你不是為了他們而活，

也應該多點去想想那些懂你的人，

應該要好好喜歡你自己。

但是，真的，

這個世界並不是只有自己喜歡的人與事，

還有更多讓人無法淡然面對的殘酷與冷漠。

你可以學會將一切都看得很淡，

在人前表現得談笑自若、雲淡風輕，

只是當你終於一個人獨處，

不用再戴起那幾張積極樂觀的臉具，

那點之前一直被你刻意看淡的情緒，

卻會因為一點小小的觸媒而又再猖獗，

而那時候，你可能已經很難再找到可以分享的人；

不是沒有人想理解，而是他們會誤以為，
你已經復原了，你應該可以走過去了，
看你昨夜還笑得那麼快樂，又何必再去重提你的舊傷。
而你也不知道應該再如何開口，
只好讓自己的笑臉演得更真，
讓內心的孤單越變越深。

但縱使如此，還好，
身邊還有著一些願意傾聽的人，
偶爾還是會得到，大家傳來的鼓勵與分享，
讓我知道，自己並不是一個人，
這世上還是會有另一個人，
會因為你的心灰意倦而感到心痛。
就算有些路再難走，就算有些人已經離開了，
但幸好這一段路，有你還守在我的身旁，

才可以成就那些美好的風光。

到最後或會重新記起，
這一切都只是一個又一個的循環，
有高山，也會有低谷，
心灰有時，開懷有時，完結有時，再起有時。
如果你還是願意相信，這一切都會有盡頭，
那又何必執著於這刻的看不開，
又何必為那點不完美而無法原諒自己……

你說是嗎？

我們要繼續努力。
香港人，加油。

國家圖書館出版品預行編目資料

Middle：離開以後，你有沒有更自由 /
Middle 著 . -- 初版 . -- 臺北市：三采文
化，2020.07
　　面；　公分 . -- (愛寫；43)

ISBN 978-957-658-361-2(平裝)

855　　　　　　　　109006015

suncolor
三采文化集團

愛寫 43

離開以後，你有沒有更自由

作者｜Middle
副總編輯｜鄭微宣　　責任編輯｜鄭微宣
美術主編｜藍秀婷　　封面設計｜高郁雯　　內頁版型｜藍秀婷　　美術編輯｜Claire Wei
行銷經理｜張育珊　　行銷企劃｜周傳雅、金佩安

發行人｜張輝明　　總編輯｜曾雅青　　發行所｜三采文化股份有限公司
地址｜台北市內湖區瑞光路 513 巷 33 號 8 樓
傳訊｜TEL:8797-1234　FAX:8797-1688　　網址｜www.suncolor.com.tw
郵政劃撥｜帳號：14319060　戶名：三采文化股份有限公司
初版發行｜2020 年 7 月 3 日　定價｜NT$350
　　7 刷｜2024 年 3 月 5 日